2015
올해의
좋은 시조

정수자 · 홍성운 · 박성민 · 이송희 엮음

푸른사상
PRUNSASANG

2015 올해의 좋은 시조

1쇄 발행 · 2015년 3월 23일
2쇄 발행 · 2015년 12월 5일

엮은이 · 정수자, 홍성운, 박성민, 이송희
펴낸이 · 한봉숙
펴낸곳 · 푸른사상

주간 · 맹문재 | 편집 · 지순이, 김선도 | 교정 · 김수란
등록 · 1999년 7월 8일 제2-2876호
주소 · 서울시 중구 충무로 29(초동) 아시아미디어타워 502호
대표전화 · 02) 2268-8706(7) | 팩시밀리 · 02) 2268-8708
이메일 · prun21c@hanmail.net / prunsasang@naver.com
홈페이지 · http://www.prun21c.com

ⓒ 정수자, 홍성운, 박성민, 이송희, 2015

ISBN 979-11-308-0364-7   03810

값 13,000원

2015
올해의
좋은 시조

정수자 · 홍성운 · 박성민 · 이송희 엮음

책을 펴내며

『2015 올해의 좋은 시조』를 펴낸다. 이는 몇 겹의 부담이 따르는 일이다. '올해'가 2014년 문예지에 발표한 신작을 대상으로 하는 명료한 선이라면, '좋은'에는 짐작하다시피 여러 고민이 중첩되기 때문이다.

무엇보다 '좋은'의 기준이 모호하므로 현대시조로서 좋다고 여겨지는 작품을 우선에 두었다. 오늘의 정서와 감각과 인식 등을 '현대'의 잣대로 삼되, 정형시로서의 형식적 완결미를 '시조'에 담아 읽자는 공유다. 이러한 기준은 오늘날의 시조라면 마땅히 담보할 작품성의 근간이지만, 그것이 어슷비슷할 경우에는 젊은(등단 연령 포함) 시인의 작품을 택해 좀 더 새로운 목소리 편에 서고자 했다. 더불어 시조를 사랑하고 공부하는 독자와의 소통도 고려하며 의미 있는 텍스트로서의 가치를 확보하고자 했다.

무엇보다 공정한 선정에 품을 들였다. 푸른사상이나 엮은이들이나 첫 작업이므로 각자의 추천작을 돌려 읽고 합의한 작품으로 가려냈다. 그 과정을 통해 선정한 '좋은' 작품 80편으로 우선『2015 올해의 좋은 시조』를 묶는다. 최대한 많은 잡지를 보려 했으나 간혹 놓친 것이 있겠고, 선정에 절대적 기준이란 없으니 엮은이들의 주관이 다소 들어갔을 수도 있다. 또한 자유시와의 변별성을 염두에 두자는

합의하에 사설시조를 다음으로 미루었으니 그에 대한 아쉬운 시선
도 있을 것이다.

이 선집은 '좋은 시조'에 대한 책임감을 갖는다는 차원에서 선정
된 작품마다 해설을 달았고 필자의 이름을 밝혔다. 필자의 표기는
아래와 같다.

정수자＝a, , 홍성운＝b, , 박성민＝c, 이송희＝d.

시인들이 대부분 서로 알고 지내는 시조단 상황을 감안할 때 좋
은 시조 가려 엮기란 무척 신경 쓰이고 지난한 일이다. 그럼에도 시
조 텍스트가 더 다양하게 나와야 한다는 요청에 따라 어려운 작업을
감행할 수 있었다. 시조의 한 해 작황을 나름대로 더 살피고 돌아본
것은 뜻밖의 큰 소득이었다.

작품의 재수록에 기꺼이 응해준 시인들께 고맙다는 인사를 드린
다. 이 기획을 실현한 푸른사상에도 감사드린다. 시조와의 만남을
더 깊이 즐기고 주위에도 권하는 '좋은 시조'의 운명을 소망한다.

2015년 3월
엮은이들

차례

차례

2015
올해의
좋은 시조

왜가리 사냥법으로

고정국

쭉 펴면 하늘이고 내리면 바다가 되는
물끄러미, 물끄러미 수평선만 바라보며
외톨이 왜가리 친구가 조간대에 산단다.

바위를 쓰다듬는 노을 녘의 밀물처럼
"악법도 법"이라는 사냥법을 펼치면서
반백의 소크라테스도 제주에 와 산다지

느린 듯 어리석은 듯 난세에서 배워 익힌
재래식 사냥기법의 딱 한 발 차 거리에서
물속에 거꾸로 비친 제 반쪽을 쪼는 새

먹이를 따르려 말고 먹이가 너를 따르게 하라
고요히 파문 짓는 그 오랜 사유 끝에
부리 끝 파닥거리는 시 한 점을 만났네.

(『문학사상』 2014년 3월호)

조간대(潮間帶)는 간조 때 노출되고 만조 때 잠기는 연안의 일부 지역을 말한다. 만조 때 물에 잠기고 간조가 되면 지표가 드러나므로 시인은 "쭉 펴면 하늘이고 내리면 바다가 되는" 곳이라고, 마치 커튼처럼 조간대를 묘사한다. 이 조간대에서 "물끄러미 수평선만 바라보며" 재래식 사냥법으로 "물속에 거꾸로 비친 제 반쪽을 쪼는" 왜가리는 시인 자신과 동일시되는 존재다. 부드럽게 밀려와서 "바위를 쓰다듬는 노을 녘의 밀물"처럼 먹이가 왜가리를 따라올 때까지 조용히 기다리는 인내심, 그것은 시 한 점을 포착하기 위해서 오래 사유하고 "딱 한 발 차 거리"라는 긴장감을 유지하며 시가 다가오기를 기다리는 시인의 모습과 닮아 있다. 어리석은 듯 보이는 재래식 사냥법은 악법인 줄 알면서도 그 악법을 수용하며 죽었던 소크라테스를 떠올리게 한다. 그래서 왜가리는 소크라테스가 되고 그 소크라테스는 제주에 사는 시인 자신이 된다.

첨단과학의 시대에 살아가는 시인의 시 쓰기도 왜가리의 재래식 사냥법처럼 달라진 게 없다. 아무리 시를 오래 쓴 원로시인이라 할지라도 새로운 시 한 편 쓸 때마다 피를 말리는 고통과 인내의 시간을 보내야 하니 이것이 재래식 사냥법이 아니고 뭐란 말인가.

"부리 끝 파닥거리는 시 한 점을" 만나기 위해 고통의 시간을 감내하는 시인으로서의 숙명이 형상화된 작품이다. (c)

연(鳶)을 띄우다
— 발해를 찾아서

권갑하

연을 날린다 광활한 발해의 하늘 위로
장백의 안개 헤치고 압록 두만도 훌쩍 넘어
적층된 연대 속으로
연을 띄워 올린다

여기가 어디인가 굽어보고 돌아보며
주름진 오욕의 역사 해진 상흔도 위무하며
가끔은 천둥 번개 불러
곤한 잠도 깨워가며

너무 높게는 말고 낮게는 더욱 말고
연바람 멈추면 노래도 멎고 말 것이니
당겨라, 팽팽히 얼레
풀었다 다시 당겨라

너무 오래 떠나 있어 낯설고 물설겠지만
내 어버이 온몸으로 일군 모토(母土) 아니던가
다물(多勿)* 그, 돛을 올리듯
꼬리 긴 연을 띄운다

* 다물(多勿)은 '되찾다', '회복하다'라는 뜻으로 고구려 시조 고주몽의 연호이자 건국이념이다. 『삼국사기』 권 13 고구려 본기 동명성왕편에 다물을 '麗語謂復舊土'로 표현했는데 이는 고구려어로 고토 회복을 뜻한다.

(『시조21』 2014년 여름호)

얼레를 풀었다 다시 당기며, 화자는 '연(鳶)'을 띄운다. 일반 적으로 '연'은 온갖 희망이나 소원을 상징해왔다. 그래서 날개를 펼쳐서 높이 오르는 '연(鳶)'은 '솔개'라는 새를 가리키는 말이기도 하다. 시적 화자는 "광활한 발해의 하늘 위로" 연을 날린다. "장백의 안개"를 헤치고, "압록 두만도" 넘어 "적층된 연대 속으로" 너무 높지도 않게 낮지도 않게 얼레를 풀었다 당겼다 한다.

지금은 우리 땅이 아니지만 역사를 거슬러가면 발해는 "내 어버이 온몸으로 일군 모토(母土)"였다. 만주 길림성에 있는 용담산에 올라보면, 고구려 사람들이 쌓았던 성벽이 보인다고 한다. 당시 고구려 땅이었던 이곳은 중국의 땅으로 변해 있다. 화자는 어머니의 땅이었던 옛 고구려의 땅 발해를 되찾고 싶은 마음에 꼬리 긴 연을 띄운다. 이때 '연'은 현실과 이상 사이의 괴리를 극복하고자 떠돌아다녀야 하는 역마살을 상징하기도 한다. 즉, '연'은 잃어버린 옛 발해의 영토를 되찾고자 하는 강인한 의지의 발현으로 보인다. 발해의 영토는 지금의 간도 전체와 연해주, 그리고 만주 지역을 모두 아우른다. 현재도 조선족이 살고 있긴 하지만 엄밀히 말하면 중국 통치를 받고 있는 중국의 영토가 되어버렸다. 그런 점에서 '발해'는 "너무 오래 떠나 있어 낯설고 물설"은 땅일 수밖에 없다. 그래서 과거엔 어머니의 땅이었던 발해가 오늘날 우리 땅이 아닌 것에 대한 쓸쓸한 마음 때문에 고토 회복(古土回復)의 이상을 실현하여, 현실과 이상의 괴리를 극복해야 한다.

따라서 화자는 그 땅을 되찾을 수 있다는 희망을 드러낸다. 그것은 "다물

(多勿) 그, 돛을 올리듯/꼬리 긴 연을 띄"우는 행위로 나타난다. '고토 회복'
은 옛 땅을 다시 되찾는다는 의미인데, 화자는 '연'을 띄워서 지난날의 오역
을 씻어내고 상처나 상흔도 다 씻어내고 우리 옛 땅을 되찾고자 하는 것이
다. 이 작품은 너무 오래 떠나 낯설고 물설겠지만 '연'을 띄움으로써 발해에
대한 고토 회복의 의지와 희망을 표현하고 있다. (d)

동전 소리

권영희

민화투 수다패 두고 방금 돌아온 어머니
뜨개질 동전 지갑 버선목처럼 뒤집고

하나, 둘,
세는 소리에 저녁이 건너옵니다

아들 딸 자랑하다 눈이 먼 동전들이
앞뒷집 할머니 무료한 시간을 끌고

두 평 반
어머니 고요도 짤랑, 흔들고 갑니다

(『문학사상』 2014년 10월호)

"**짤랑**" 동전소리가 들려올 것만 같은 저녁이 퍽 오붓하다. 불빛 떨어지는 다사로운 창 너머로 집안의 정경이 환히 잡히는 듯하다. 동전 지갑이 미리 배부른 소리를 들려주는 저녁은 오늘도 큰 근심 없이 잘 건너가리라.

화투는 무료한 어르신들에게 제일 만만한 벗이다. 흑백의 수묵화 같은 나날에 산뜻한 꽃이며 임이며 명월을 화들짝 데려다준다. 운수 패나 떼면서 혼자 중얼거려도 그다지 궁색하지 않다. 게다가 동네 할머니들 민화투 판이라도 벌이면 웃음꽃 보따리가 따로 없다. "아들 딸 자랑"에 손주 자랑까지 "수다패"가 와자해지니 적막강산쯤은 저만치 물릴 수 있다. 그렇게 모여 청단이네, 홍단이네, 웃고 떠들다 보면 아픔도 잊게 되고 외로움 같은 것도 조금 더 떨칠 수 있는 것이다.

얼마나 땄나, 동전을 일일이 세어보는 것 또한 낙일의 소소한 낙이다. 기껏 따봐야 버스비, 막걸리 값이나 될까 싶어도 하루 품처럼 소일한 대가니 꼭 따져볼 일이다. "하나, 둘," 셈해두는 일도 소홀하면 안 된다. 내일 또 놀 준비의 점검이니 말이다. 그렇게 "뜨개질 동전 지갑 버선목처럼 뒤집"으며 동전 "세는 소리에 저녁이 건너"오는 집안의 화평……. "두 평 반/어머니 고요도 짤랑, 흔들고" 가는 그 동전 소리가 들리는 동안은 웬만한 갈등 따위 다 녹여낼 것 같다.

오늘 저녁도 어느 집에선가 "하나, 둘," 동전 세는 소리가 담을 넘어오려나. 그러면 된장찌개 끓는 창문 아래 "짤랑" 소리에 귀 대고 푸근히 젖어보고 싶다. 문득 저승에도 민화투 판이 있을지, 저 먼 어딘가로 마음이 한참 숙어진다. (a)

부고

김강호

봄이라고
꽃들이
피는 것은
아니었네

동백나무
청춘 한 덩이
뚝 떨구고
있다며

동박새
부고 물고 와
내 귀에
넣고 가네

(『애지』 2014년 가을호)

부고가 왔다. 동백의 죽음을 알리는 부고를 동박새가 물고 왔다. 누군가의 죽음을 알리는 부고가 이 시조에서는 희망을 표상하는 '봄'과 '꽃' 이미지와 함께 쓰였다. 이 시조에 등장하는 '동백나무'와 '동박새'가 공통적으로 상징하는 것은 고고함, 절개, 꿈, 희망이다. 우리가 잘 알듯이 동백은 한겨울 눈서리에서 꽃을 틔우는 것이 아닌가. 즉, 동백과 동박새는 추운 날에도 꼿꼿이 버티는 절개와 희망, 꿈과 이상 등의 의미를 갖고 있다.

여기서 '봄'과 '꽃'의 이미지를 압축하면, 죽은 자의 무덤 위에서 새 생명이 싹튼다는 의미를 낳는다. 한 알의 씨앗이 죽음으로써 거대한 나무가 되는 것처럼, 앞선 자의 죽음을 통해 새 생명이 태어날 수밖에 없는 현실을 잘 보여주고 있다. 앞서 죽은 자의 거름 위에서 새 생명이 태어났다는 것은 기존에 희생자가 있었다는 것을 암시한다. 시적 화자는 "청춘 한 덩이/뚝 떨구"는 동백나무를 보며, "봄이라고/꽃들이/피는 것은/아니었"다는 새로운 깨달음을 얻게 되는 것이다. 그리고 "동박새/부고 물고 와" 귀에 넣고 가는 순간을 경험하며 생명 탄생의 순간에 희생되었을 무언가에 대한 성찰의 시간을 되새긴다.

우리는 눈앞에 보이는 화려하고 아름다운 순간에 환호하고, 그 아름다움을 위해 희생된 존재들에 대해서는 쉽게 잊고 살아간다. 시인은 동백이라는 자연물의 속성을 통해 존재하는 것들의 다양한 풍경을 은유하는 시적 감각을 보여준다. 나아가 존재의 내부를 깊숙이 들여다보며 관찰한다. 그는 압축과 긴장을 통한 언어의 미학을 통해 삶을 자연스럽게 들어앉히며 우리의 반성을 이끌어내고 있다. (d)

빈집

김남규

새로 바른 벽지들은
없는 곳을 넓히고
두서없이 놓인 세간
있을 곳을 보여준다
집과 집
없던 곳과 있을 곳
당신을 기다리고

깍지 낀 팔베개로
슬픔을 불러본다
이름 없는 장면들이
얼굴 없이 나를 본다
꿈과 꿈
있던 일과 있을 일
당신을 지나치고

이사 온 곳 이사 간 곳
돌아갈 수 없다 했다
귀가(歸家)라는 말, 곱씹으며
첫날의, 천장을 보며

활처럼

몸을 말아본다

당신에게 착상(着床)하듯

(『유심』 2014년 10월호)

빈집은 시의 단골 소재. 대체로 떠난 후의 '빈'이 유발하는 사정이나 의미 등의 탐색에 쏠려왔다. 이 시조는 화자가 들어와 살 빈집 즉 '채울' 집으로서의 '빈'집이라는 점에서 기존의 작품들과 다른 사유가 돋보인다. 그래서 "새로 바른 벽지"나 "두서없이 놓인 세간"이 날내를 풍기는 속에서도 "없던 곳과 있을 곳"이 "당신을 기다리고"에 닿을 수 있는 것이다.

그렇다면 화자는 빈집에서의 새로운 삶, 즉 신혼을 설계하는 중인가? 그런데 "깍지 낀 팔베개로/슬픔을 불러본다"는 둘째 수 초장은 그 이전의 빈집이 담고 있던 추억의 호출로 보인다. "있던 일과 있을 일"이 다시 "당신을 지나치고"를 새겨보면 "꿈과 꿈"속에 있는 상황임을 짐작할 수 있다. 그렇게 되짚어온 셋째 수에서 화자는 "귀가(歸家)라는 말, 곱씹으며/첫날의, 천장을 보며" 비로소 "이사 온 곳"에 몸을 맡기는 자신의 현재를 드러낸다. "활처럼/몸을" 마는 태아 같은 행위로 "당신에게 착상(着床)하듯" 빈집(새로운 사람)에 자신의 삶을 온전히 들이는 준비인 것이다. 그렇다면 '없는 것'과 '있을 것'을 환시처럼 병치하며 되새기는 것도 새로운 변화 앞에서의 마음 마련이겠다.

이런 이미지의 긴밀한 조응은 시적 긴장을 묘하게 돋운다. 첫째 수와 둘째 수 종장의 "집과 집", "꿈과 꿈"에서 "당신을 기다리고"와 "당신을 지나치고"로 펴는 조금씩 다른 반복은 리듬의 생성을 돕지만, 그보다 전과 후의 상황에서 비롯되는 有/無의 의미 심화에 더 효율적이다. '있음'과 '없음'의 중첩을 통해 존재로서의 실존과 현존이며 존재의 근간인 '빈'과 '집'의 사유를 촉발하는 것이다.

하지만 이런 반추도 새로 찾은 '집'인 "당신에게" 들기 위한 통과의례 같은 것! 낯익은 과거와의 결별이자 새로운 시작을 향한 "착상"의 몸짓이 아닐지……. (a)

나를 읽지 마세요

김보람

사람들은 궁금하다, 상자 속의 이야기

뚜껑을 열어젖혀 빈 상자로 만든다

상자 속 주인공들은 늘 모함에 빠진다

누군가의 입속에서 군침이 솟구친 듯

갓 태어난 상자는 의심받기 시작한다

식탁이 흘러넘치게 문자를 쏟아낸다

네가 아는 내가 살아가는 세계에서

방향도 없이 나는 추가되고 삭제된다

마침내 나는 죽어서 흔적 없이 사라진다

(『유심』 2014년 8월호)

사람들은 자신이 만나는 사람들을 자기 방식대로, 때로는 제 멋대로 해석한다. 그래서 현실세계는 "네가 아는 내가" 살아가고 있는 세계다. 상자 속에 무엇이 들어 있는지 궁금하듯이 사람들은 대체로 남의 이야기를 궁금하게 생각한다. 그것이 빈 상자라면 사람들은 상상력으로 가공적인 이야기까지 만들곤 한다. 그래서 "상자 속 주인공들은 늘 모험에 빠"지는 것이다. "갓 태어난 상자"마저도 사람들의 해석에서 벗어날 수 없다. "누군가의 입속에서 군침이" 도는 순간 쏟아지는 나름대로의 해석 속에 그 상자는 "의심받기 시작"한다.

　　"나를 읽지 마세요"라는 제목은 나에게 작위적인 해석을 가하거나 나를 왜곡해서 읽지 마라는 부탁이다. 사람들은 '나'라는 본질은 전혀 모른 채 '나'의 외면만을 파악하고 '나'를 알고 있다고 착각한다. 사람들의 생각 속에서 '나'라는 존재는 "추가되고 삭제"되다가 그들의 관심 속에서 멀어질 무렵 "죽어서 흔적도 없이 사라진다". 너는 나를 아는가? 네가 나에 대해 정의를 내리는 순간, 나는 본질적인 의미, 내 본래의 속성을 잃어버린다. 대상과의 진정한 관계 형성은 나를 네 마음대로 읽으려는 것에 있는 것이 아니라 나라는 존재를 고요히 바라보는 데에 있다. (c)

안(眼)
— 파자(破字) 26

김복근

빛과 어둠의 경계는 저물녘 안개비다

풀리는 줄 모르게 풀어져 엷어진 촉수

마음을 보정하려다 고단해진 미열이다

철 이른 소슬바람 눈시울 아려오면

벌어진 더듬이 어지러운 기류 따라

무거운 내 눈의 망막 초점이 흐릿하다

(『시조21』 2014년 겨울호)

김복근 시인은 최근 파자(破字) 연작시를 통해 우리 삶의 비의를 드러내거나 세계를 풍자하는 방식으로 시조의 토양을 넓혀가고 있다. 파자는 앞일을 예언하는 일종의 참언(讖言)으로 작용하기도 했으니 '목자득국(木子得國)'이나 '주초위왕(走肖爲王)'은 유명한 예다. 파자는 또 은어(隱語)·비어(秘語)로 사용되고 풍자 혹은 오락의 용도로 쓰이기도 했다. 파자는 근본적으로 한자를 기반으로 한 지적 유희이므로 독자에게도 일정한 지적 능력과 언어적 재치, 상황에 대한 판단능력을 요구한다.

눈 안(眼)자는 눈 목(目)자와 괘 이름 간, 또는 그칠 간(艮)자로 파자할 수 있다. 간(艮)은 한계(限界), 머무르다, 어긋나다는 의미를 갖고 있기도 하다. 화자는 어느 가을 저녁, 외롭고 쓸쓸한 소슬바람에 눈시울이 아려오는 것을 느낀다. "빛과 어둠의 경계는 저물녘 안개비"라 함은 시간적 배경을 의미하기도 하고, 초로(初老)의 계절로 비유되는 가을에 침침해진 눈을 형상화한 것이기도 하다. "풀리는 줄 모르게 풀어져 엷어진 촉수"나 "무거운 내 눈의 망막 초점이 흐릿하다"가 이를 명징하게 보여준다. 눈 안(眼)을 파자하면서도 작품 속에 자신의 삶을 온전하게 들어앉힘으로써 애상적인 서정이 돋보이는 작품이다. (c)

묵언(默言)의 힘

김삼환

표지 낡은 계간지에 눈길 가는 어느 서가

꽉 다문 그 입술로
무슨 말을 삼키는지

빛바랜 사진 한 장이
가부좌를 틀고 있다

한 세대가 지나도록 크게 뜬 눈 그대로

오른손을 들고 있는
저 묵언의 힘을 보라

밟히고 밟혀도 다시
소리치라 소리치듯!

(『시산맥』 2014년 여름호)

묵언(黙言)의 힘이라니! 화자는 "표지 낡은 계간지" 어느 서가에 눈길을 준다. 거기서 "가부좌를 틀고 있"는 "빛바랜 사진 한 장"을 본다. 가부좌를 틀었을 때는 스님이 명상을 하거나 수행을 할 때인데, 가부좌를 틀었다는 것은 요지부동(搖之不動)의 자세를 취하고 있다는 것을 의미한다. 그러니까 물러섬이 없는 자세, 비장한 저항의 태도이기도 하다.

"밟히고 밟혀도 다시/소리치라 소리치듯" 이야기하는 것은 자신을 탄압하는 불의(不義)한 대상에 맞서서 완곡하게 투쟁하는 모습이다. 입을 꽉 다물고 있는 모습 역시 투쟁의 자세인 듯하다. "오른손을 들고 있는/저 묵언의 힘"으로 가부좌를 틀고 있는 저 모습! 여기서 오른손은 옳다, 올바르다, 정의롭다, 떳떳하다는 의미를 담고 있다. 오른손을 들고 있다는 것은 정의로움을 추구한다는 의미도 되고 혹은 잘못되고 거짓된 세상에 대한 저항의 태도이기도 하다. 이 시조는 요지부동의 자세를 통해서 자신을 탄압하는 불의의 대상과 맞서고자 하는 완고한 투쟁의 의미를 '묵언의 힘'을 통해 보여주고자 하는 것이다. 꽉 다문 그 입술뿐만 아니라 "밟히고 밟혀도 다시 소리치라"는 어조에는 어딘가 비장한 느낌이 있다.

묵언(黙言)의 말(言)이 곤궁한 시대에, 우리는 정작 거짓과 불의(不義)에 야합(野合)하는 목소리만 높이고 있지 않은가. 정의로운 언어 구현을 위한 스스로의 책임을 가져야할 때가 아닌가 싶다. 그래서 이 시조는 우리에게 '묵언의 힘'을 가르치고 있는 것은 아닐까. (d)

일곱 빛깔

김선화

어머니는 혼신을 다해 그릇을 만드셨다

그중 하나는 별이 되어 우리를 지켜주고

나머지 여섯 그릇은
덧칠을 하고 있다

금이 간 그릇은 자꾸 눈물을 쏟고

잘 닦인 그릇은 반짝, 주위를 밝혀준다

명절엔 제 빛으로 서로
벌어진 틈을 메운다

(『문학사상』 2014년 6월호)

형제가 모여 환히 웃는 명절. 그렇게 두루두루 편하면 오죽이나 좋을까. 그런데 맛있는 음식을 나누며 명절을 같이 쇠기에 팍팍한 집들이 많다. 명절 앞뒤면 힘든 사람이 늘어날 뿐 아니라 '홀로 추석'으로 더 쓸쓸한 사람도 부지기수다. 가족 간의 스트레스 증가에 따라 무슨 증후군도 계속 늘고 있다.

형제가 친구나 동료보다 멀어진 경우도 허다하다. 현대인의 생활 구조 자체가 그러하니 형제는 대부분 명절에나 만나기 때문이다. 그런 데다 가족 간의 문제를 어설프게 봉합한 집이면 명절날 어김없이 실밥이 터지곤 한다. 울근불근 돌이킬 수 없는 밤도 더러 있으니 식구를 잃는 명절이 나오는 까닭이다.

하지만 몇 발 물러나 돌아보면 우린 모두 어머니가 만드신 그릇. 그것도 "혼신을 다해" 빚어 세상에 내보낸 어딘가는 서로 닮은 멋진 그릇이다. "그중 하나는 별이 되어 우리를 지켜주"듯 먼저 갔거나 "자꾸 눈물을 쏟"는 "금이 간 그릇"도 있다. 그럴수록 형제끼리는 자주 만나야 한다고, 추억이며 애환 등을 술잔에 얹어 풀어야 한다고 새삼 보듬는다. 그렇게 "제 빛으로 서로/벌어진 틈을 메운다"면 다시 힘을 얻어 강퍅해진 세상쯤 헤쳐가지 않겠는가.

그런 마음으로 헤아린다면 명절날 형제를 잃는 '막장' 같은 드라마는 없겠다. 아무튼 "금이 간 그릇"도 새 빛을 찾도록 손 잡아주면 "반짝, 주위를 밝혀"주는 "잘 닦인 그릇"으로 또 빛날 것이다. 어머니 뜻대로 서로를 새록새록 비추고 부추기며 함께라서 더 멀리 갈 수도 있으리라. (a)

마음 돌 하나

김선희

애련리 냇가에서 가져온 넓적한 돌
바람의 나잇살이 다소곳이 얹혀 있다
잘 닦인 마음 돌 하나 꾹 눌러 담가둔다

꺼내놓은 오이지에 낯익은 저 잔주름
울 엄마 손등처럼 빗금으로 지는 각도
설익은 이내 마음도 누가 한번 눌러주련

(『시와문화』 2014년 봄호)

'타산지석(他山之石)'이라는 말이 있듯이 우리 조상들은 돌을 보면서 자신의 마음을 수양하고 덕행을 닦는 데에 힘썼다. 돌은 마음을 닦는 매개체이기도 하다. 단단하면서도 모나지 않은 돌은 지조가 강하면서도 원만한 성격을 지닌 사람의 품격을 보여주는 것 같기도 하다. 그래서 전봉건 시인이 「취미」라는 글에서 말했듯이, 수석(壽石)하는 사람이 돌을 집어 드는 것은 "돌이 아니라 신이나 자연이 만들어서 지상에 둔 예술작품"인 것이다.

시인이 충북 제천 애련리 냇가에 다녀왔나 보다. 애련이라는 마을 이름이 참 아름답다. 사랑하여 그리워한다는 애련(愛戀)일까? 슬픈 사랑을 뜻하는 애련(哀戀)일까? 애처롭고 가엾다는 애련(哀憐)일까? 어쨌거나 사랑스럽고 어찌 보면 애처로운 아름다움을 느끼고 집에 가져온 "넓적한 돌" 하나를 시인은 바라보고 있다. 그 돌에는 "바람의 나잇살이 다소곳이 얹혀 있"어서 잘 닦인 마음처럼 깨끗하고 정갈하다. 주름 하나 없이 "잘 닦인 마음 돌"과 대조적인 것은 2수에 나오는 "꺼내놓은 오이지에 낯익은 저 잔주름"이다. 잔주름을 보면서 고생 많으셨던 어머니의 손등을 떠올리며 "설익은 이 내 마음도 누가 한 번 눌러주련"이라고 낮게 읊조리는 시인의 마음이 정갈하고 곱다. (c)

밀회, 혹은 밀애

김세진

서넛은 족히 되었을 애월, 조선의 명기
신윤복 월하정인 등불 든 사내가 되어
늦은 밤
애월에 든다
약속이나 한 것처럼

옥색 쓰개치마 속 몰래 감춘 수줍음은
불륜의 경계 따윈 넘을 순 없을 게다
사내의
그윽한 눈빛
허리춤에 닿을 뿐

살포시 안겼다가 슬며시 돌아서는
초승달 교교한 밤 버선 빛깔의 파도
애틋한
정표 하나쯤
던져줘도 좋을 밤

(『시와문화』 2014년 봄호)

애월은 '涯月'이다. 하지만 '愛月'일 수도, '哀月'일 수도 있다. 애월, 제주의 한 촉촉한 지명이 시인들 사이에 새로운 망명지인 양 떠도는 연유다. 시심이든 연정이든, 애월이 그만큼 다양한 시상을 자극하는 데서 나오는 힘이겠다. 부르면 부를수록 깊이 들어차거나 애틋이 멀어지거나 가슴 그득히 철썩이거나, 아 애월은 참으로 '요물~' 같은 독특한 지명이다.

그런 까닭일까, 속내 잘 내뵈지 않는 시인도 "밀회"나 "밀애"에 대한 동경을 슬며시 드러낸다. 애월이라는 이름에서 "조선의 명기"를 떠올리는 것은 당연하고, "신윤복 월하정인 등불 든 사내가 되어"보는 것도 화가 시인으로서 지당하겠다. 그다음이야 눈 감고도 그릴 법한 '19금' 장면. 그런데 시는 어찌 그림으로만 곱다시 끝내고 만단 말인가. "사내의/그윽한 눈빛"이 "허리춤에"만 "닿을 뿐"이라니, 바라보기만 해도 황홀한 초식물성 연모라서 그럴 수 있는 것인가. 그래도 "살포시 안겼다가 슬며시 돌아서는" 게 아쉽기는 했던지 "버선 빛깔의 파도" 앞에서는 "애틋한/정표 하나쯤/던져줘도 좋을 밤"이라고 달래본다. 그림의 선에서 물러나와 애틋한 정표로만 품고 온 듯한 애월, 〈월하정인〉의 애월판이다.

그렇게 봐도 "불륜의 경계 따윈 넘을 순 없을 게다"는 너무 착한 느낌이라 시조에 깊이 끼어 있는 윤리성을 돌아보게 한다. 작품에서만이라도 금기 같은 어떤 경계를 넘고 그 너머서나 만날 법한 것들을 그릴 수는 없는지, 선한 시조를 핑계로 아쉬움을 되작여본다. 적나라한 '19금'이 아니라 암시 등으로 건드리는 농염의 농도 같은 것마저 피해야 하는 것인지⋯⋯. 간절한 연모 같은 애월 앞에서 촉발되는 또 다른 상상의 "밀회, 혹은 밀애"다. ⓐ

수리할 수 없는 나무

김소해

생가를 팔고 난 후 수리된 새 집이네
대문 앞 흙바람에 두 아름 포구나무
나무는 수리할 수 없었는지
그대로 있어 반갑네

시장한 새라면 무인지경 불러와서
숱한 열매 젖꼭지 달콤하게 먹이네
뭇 새들 낭독하는 그 집 내력
나이테는 저장하고

돌아와 다시 읽는 나무 속의 지형도
백 년의 가쁜 숨으로 따라온 나무가
마지막 장을 덮을 때
흰 그늘이 유독 깊네

(『문학청춘』 2014년 가을호)

'수리한다'는 것은 인간에게 맞게 바꾼다는 의미다. 편리하고 깔끔하게 새 것으로 단장하고 바꾼다는 것이다. 이 시조에는 '새 집'과 '나무'라는 대비되는 두 대상이 등장한다. '새 집'은 인간의 전유물로, 인공적인 것, 변화를 자꾸자꾸 추구하는 인간의 것이다. 반면, '나무'는 새가 머무르는 곳으로, 있는 그대로 자연(自然)의 모습을 표현하고 있는 상징물이다. 집을 수리한다는 것은 인간의 생활에 적합하게 무언가를 바꿔나가는 것인데, 나무는 사시사철 바뀌는 환경과 기후를 그대로 따라간다. 새도 마찬가지로 자연의 질서에 따라 움직인다. 그런데 우리의 공간에는 자연의 모습과 인공적인 모습이 공존한다.

이 시조에서는 두 대상이 공존하고 있는 공간이 "흰 그늘"이다. 희게 보이는 것은 빛이 들기 때문이다. 빛의 세상은 보통 천사의 세계로 표현된다. 천사와 악마의 비유로 보면 흰 것은 천사로 대표되는데, 역설적 표현으로 "흰 그늘"이란 단어를 쓴 것이다. 이는 바꿔 이야기하면 숨어 있는 빛이다. 살아 있는 송장, 혼돈의 질서라는 역설적 비유도 가능하다. 서로 대립하면서도 같이 붙어 있는 것이 존재의 실상이라는 이야기다.

인간도 자연의 한 부분인데 자연을 거스르려 하지 않는가. 있는 그대로의 나무가 새를 키운다. 그렇지만 인공적인 것은 사람을 키운다. 자연적인 것은 새나 나무에 기생해서 살아가는 반면, 인간은 새 집이 있어야 산다. 이것이 "흰 그늘"이라는 표현처럼 공존하고 있다. 극(極)과 극(極)은 항상 함께 있을 수밖에 없다는 것을 동체성(同體性)을 지닌다고 하지 않는가. 모든 존재는 양극(兩極)을 만들어낼 수밖에 없는 것이고 양극은 항상 같은 몸일 수밖에 없다. 어둠이라는 자체를 없앤다고 해서 빛만 존재할 수 없듯이 늘 같이할 수밖에 없다. 그것은 동체이기 때문에 분리할 수 없다는 것을 넌지시 알려주는 것이 아닐까. (d)

사전을 뒤적이다

김수엽

사전을 뒤적이다 '늙다'가 귀에 들렸다
흰 머리칼 굽은 허리로
엄마가 말을 건다
아가야
저 홍시 하나—
감나무가 흔들렸다

사전을 뒤적이다 '죽다'가 눈에 잡혔다
굽은 허리를 곧게 편 채
엄마는 말이 없다
아직도
감나무에는
홍시가 주렁주렁

사전을 뒤적이다 '살다'가 눈에 들어왔다
아들 내외 손주 녀석이
대문 열고 뛰어든다
마당에
감나무 하나
튼튼하게 서 있다.

(『가람시학』 2014년 5호)

이 시의 구조는 상당히 치밀하다. 각 수의 초장은 화자가 사전을 뒤적이며 발견한 단어들(늙다, 죽다, 살다)과 포착한 감각(귀에 들렸다, 눈에 잡혔다, 눈에 들어왔다)을 제시하고 있으며 중장은 초장과 연관된 어머니의 행동이나 아들, 손주의 행동을 생생하게 묘사하고 있다. 또한 각 수의 종장은 초 · 중장의 내용에 대한 객관적 상관물로서의 감나무, 그 움직임을 세밀하게 형상화하고 있는 것이다. 결국 사전을 뒤적이면서 찾아낸 단어들은 모두 어머니에 대한 연상으로 이어지며 그것은 뒷마당에 서있을 감나무와 조응한다.

가장 감동적인 시어는 어머니라고 어느 시인이 말했던가. 1수에서 "흰 머리칼 굽은 허리"로 늙으신 어머니가 홍시 하나 먹고 싶다고 말을 거신다. 2수에서 "굽은 허리를 곧게 편 채" 말이 없는 어머니는 돌아가신 어머니다. 어머니가 돌아가신 날에도 "감나무에는/홍시가 주렁주렁" 매달린 모습이 독자의 가슴을 뭉클하게 한다. 3수에서 "아들 내외 손주 녀석이/대문 열고 뛰어" 들어올 때, 어머니는 돌아가셨지만 "마당에/감나무 하나/튼튼하게 서있"는 모습을 통해 어머니의 힘겨웠던 삶과 자식에 대한 사랑을 형상화하고 있는 이 작품은 한 가족의 강인한 생명력 속에서 따스한 인간적인 삶이 느껴진다. (c)

아침 이미지
─ 나의 정원

김연동

햇살이 노란 부리로 어둠 끝을 톡톡 쫀다

부서져 깨어나는 금빛 싸라기들

일순간 새떼가 날고 환한 꽃이 핀다

푸른 물 숲도 깨어 가진 것 다 내놓고

수풀 속 정령들이 은결처럼 달려 나와

바람길 거칠어지는 마음눈도 열어준다

다툼이 일상이 된 등 시린 포도(鋪道) 위에

무서운 꿈을 꾸다 소름 돋는 가슴에도

눈부신 하늘이 내려 결 고운 손을 편다

(『불교문예』 2014년 여름호)

시인의 정원에서 아침 이미지가 환하게 번진다. "햇살이 노란 부리로 어둠 끝을 툭툭" 쪼는 뒤로 "부서져 깨어나는 금빛 싸라기들"이 밟힌다. 시인은 "일순간 새떼가 날고 환한 꽃이" 피는 아침을 점층적으로 묘사하고 있다. "햇살", "금빛", "새떼"는 아침을 알리는 자연물이다. "환한"과 "푸른 물" 등은 아침이 갖고 있는 구원의 이미지와 연관된다. 아침이 오면 빛이 도래하면서 만물을 구원해주는 느낌이 있다. 심지어 이 아침은 "다툼이 일상이 된 등 시린 포도(鋪道)"와 그 위에 "무서운 꿈을 꾸다 소름 돋는 가슴"에도 "결 고운 손을" 내민다.

시에서 이미지는 시적 화자의 정서와 사상이 육화된 상태에서 발현된다. 사전적인 의미로 이미지는 상상력에 의해 구체적인 정경을 마음속에 그리는 일인데, 이는 결국 시인의 상상력을 통해 독자의 공감을 이끌어내야 한다는 것을 뜻한다. 시의 이미지는 우리의 삶에서 나오기 때문이다. 우리의 몸속, 일상 속에 남아 있는 정서의 표현, 그것이 이미지를 만든다.

이 시조에서 시인은 아침 "나의 정원"에 찾아온 이미지를 통해 어둡고 차가웠던 지난밤의 시간들이 눈부신 하늘 아래서 밝아지기를 기원한다. 집에 제일 처음 들어섰을 때 보이는 곳이 정원이라는 점에서 보면 부제로 달고 있는 "나의 정원"은 그동안 추위에 떨었던 화자의 마음이면서, 얼굴이 아닐까 생각해본다. 시인은 아침의 따사로운 이미지를 정원으로 불러들이며 독자를 자신의 정원으로 초대하고 있는 것인지 모른다. (d)

한밤중에
— 신경림 선생님

김영재

가난하던 그때 꿈을 많이 꾸는 노(老)시인을

어젯밤 꿈속에서 우연히 마주쳤다

반갑게 인사를 할까 민망해 꿈을 깼다

가난하다고 외로움을 모르겠는가* 물어오던

비어 있는 하얀 손 아린 마음 낮은 음성

먼동이 아직 캄캄한 한밤중에 듣는다

* 신경림 시 「가난한 사랑 노래」에서 따옴.

(『유심』 2014년 3월호)

사춘기 때는 몽정을 불러오는 이상형의 여인이 시시때때로 꿈속에 나타났고, 가난하고 힘겨웠던 날에는 새우잠 속에서도 왠지 아침이 되면 슬퍼지는 꿈을 참 많이도 꿨다. 사춘기 때 나타난 꿈속의 여인은 내 아랫도리를 젖게 했고, 가난한 날에 꿨던 꿈속의 소망들은 내 눈시울을 젖게 했다. 가난을 표상하는 "비어 있는 하얀 손"이 그렇듯이, 비어 있음은 채워지기를 갈망하는 상태이며 '하얀'은 깨끗함을 뜻하지만 생활에는 무기력함을 의미할 것이다. 시인의 손이 그렇지 않은가? 이 세상에 다른 직업으로 살아가지 않는 이상, 출근하는 시인은 없고 월급 받는 시인 역시 없다. 그러므로 시인과 가난은 동의어다. 가난한 시인도 외로움과 사랑을 안다. 아니 가난한 시인이므로 외로운 사랑을 더 뼈저리게 온몸으로 느낀다.

그리웠던 순간들이 모래알처럼 손가락 사이로 흘러 떨어지고 빈손만 남겨져 있을 때 노(老)시인이, 또는 화자가 불러보는 사랑 노래는 "먼동이 아직 캄캄한 한밤중에" 홀로 눈 떠서 자신을 조용히 응시하는, 실존적인 고독의 노래다. 신경림 시인을 만나서 반갑게 인사를 할까 생각했던 꿈은, 홀로 깬 한밤중에 비하면 공감적인 연대가 가능한 상태라는 점에서 행복한 시간이라 할 것이다. (c)

만종

김영주

한적한 시골 시장 오래된 묵밥집에
백발의 할매 할배 나란히 앉아 있다
둥그런 엉덩이 의자에
메뉴도 한 가지뿐

반 그릇도 남을 양을 한 그릇씩 놓고 앉아
한 술을 덜어주려
반 술은 흘려가며
간간이 마주 보면서 파아 하고 웃는다

해는 무장무장 기울어만 가는데
최후의 만찬 같은 이승의 저녁 한 끼
식탁 밑 꼭 쥔 두 손이
풀잎처럼 떨고 있다

(『시조시학』 2014년 겨울호)

'만종' 하면 밀레의 그림이 연상되는 문화적 각인이 있다. 저녁종이라면 '범종'이 먼저 떠오르니 표현의 차이에서 오는 연상이다. 만종이든 범종이든 저물녘의 종소리에는 큰 울림이 스친다.

어느 묵밥집의 두 노인 저녁도 묵직하니 지극하다. "묵밥"이라면 이 없는 노인도 자시기 좋은 밥이고 위에 부담도 적어 편안한 식사겠다. 그런데 "한 술을 덜어주려/반 술을 흘"리는 모습이 안쓰럽다. 하지만 "나란히 앉아" 그 습슴하고 오래된 반려 같은 묵밥을 덜어주며 먹는 모습이 하도 으늑해서 한 생(生)의 그림 같다. 게다가 "간간이 마주 보면서 파아 하고 웃는" 정경은 또 어떤가. 다 비우고 이제 더 먼 길만 남겨놓은 늙은 양주(兩主)의 노을빛 동행이 아름답게 부조된다. 그런 모습이야말로 오랜 세월 부대끼며 건너온 노부부의 묵화 같은 만종이리라.

그렇게 "최후의 만찬 같은 이승의 저녁 한 끼"라도 따듯하게 나누는 모습은 시골 장터의 한적함도 환하게 만든다. 경로당 아니면 골방에서 혼자 캄캄히 견디는 노후가 길어진 이즈음 묵밥이라도 나누는 이들은 그나마 복된 노후다. 느릿느릿 손잡고 나가 자신들의 자리를 옹색하게나마 만들 때 노년이 우리 사회의 구성원으로 더 당당해질 것이다. 그런 노후가 늘수록 골목도 시장도 덩달아 덩실거리고 한 해의 마무리 종소리도 조금 더 웅숭깊게 퍼지겠다.

노년이 점점 길어지는 시절. 언젠가 '저 강을 건너'는 날까지 "식탁 밑 꼭 쥔 두 손이" 계속되길 비는 마음 절로 든다. 그리고 조만간 우리 모두에게 닥칠 노년의 풍경이 더 이상 쓸쓸하지 않기를, 만종 속의 그윽한 모습을 다시 새겨본다. (a)

빗살무늬

김용주

오래된 LP판 위로 햇살이 앉아 있다
쉰 소리로 돌아가는 그대 낡은 봄빛

갈라진
발뒤꿈치 사이
꽃물 드는 저물녘

가등 켜진 골목길 한 짐 시름 부려놓고
바람 풍금 마디마다 풀어가는 봄날이여

촘촘히
파고든 허물
마냥 투명하다

(『시조미학』 2014년 하반기호)

빗살무늬는 서정적 촉감을 자극하는 문양이다. '전통'으로 기억되는 많은 이름들이 스치는 특별한 무늬라고 할 수 있겠다. 그중에도 도기, 토기, 빗 등이 얼른 떠오르는 것은 빗살 모양에서 자연스레 결부되는 전통 문양의 연상들이다.

이 시조 역시 "빗살무늬"를 중심 이미지로 하는 '빗살'이 작품을 관통한다. 물론 "빗살무늬"에서 시상이 촉발되고 모양의 유사성을 따라가며 특유의 결을 직조한 데서 파생하는 문양이다. "오래된 LP판 위로 햇살이 앉아 있"는데 그 사이인지 안팎의 어디인지 "쉰 소리로 돌아가는 그대 낡은 봄빛"이 있다. 그런데 그때가 하필이면 "갈라진/발뒤꿈치 사이/꽃물 드는 저물녘"이란다. "갈라진" 모습만도 빗살무늬를 환기하지만 "발뒤꿈치 사이"는 그 모양새를 얼른 떠올릴 정도로 잘 잡아 앉힌 섬세한 한 수다. 그것들은 "쉰 소리로 돌아가는 그대 낡은 봄빛"에서 서로 어우러지며 더 오롯이 부각된다. "오래된 LP판"과 "쉰 소리"와 "갈라진 발뒤꿈치"의 '금'들과 절묘하게 만나면서 또 하나의 늙은 "봄빛"만 같은 특유의 "빗살무늬"를 이루는 것이다.

"바람 풍금 마디마다 풀어가는 봄날이여" 같은 영탄은 "가등 켜진 골목길 한 짐 시름 부려놓"은 데서 나왔을 것이다. 첫 수에 비해 시적 긴장이 좀 달리지만, "빗살무늬" 하면 으레 짝을 이루던 토기 등의 상투적 연상을 넘어서는 참신한 이미지가 돋보이는 작품이다. 이미지의 독특한 직조를 통해 묘파한 늙어가는 봄빛! 그 결을 세밀히 낚아채는 시선이 곧 새로운 "빗살무늬"의 동력이다. (a)

곡비

김윤숙

눈물을 펑펑 흘리며 뭉텅이지는 저 흰 꽃
수목원 발길 돌린 화목 정원 만첩빈도리
수북이 쌓인 꽃잎의, 주춤 뭉클해지는

관목숲 건너 웅성대는 말 귀 기울였나
곁가지 푸른 잎마다 노란 꽃술로 녹이며
하루해 토해낸 슬픔 목이 다 쉰 것 같다

가자 지구 피범벅에 엎드린 저 소년!
가슴에 손 얹는다, 멈추지 않는 포격 소리
한 대륙, 땅덩이 지구 초여름 꽃이 진다

(『열린시학』 2014년 가을호)

'곡비'는 옛날에 양반들이 장례를 치를 때 따라다니며 우는 계집종을 말한다. 그런데 여기서는 전쟁 후 죽어간 사람들의 장례를 치르며 우는 사람들을 가리키는 의미로 쓰인 것 같다. '만첩빈도리'는 정원에 심어놓은 낙엽 활엽 떨기나무로, 색깔이 하얀데 보통 유월에 핀다. 그렇다면, "눈물을 펑펑 흘리며 뭉텅이지는 저 흰 꽃"의 주체는 '만첩빈도리'일 수도 있고 여자들이 입었던 소복이라고 볼 수도 있겠다. "관목숲 건너 웅성대는 말"에 귀 기울였으나, "곁가지 푸른 잎마다 노란 꽃술로 녹이며" "하루해 토해낸 슬픔"에 벌써 목이 다 쉰 것 같다.

슬픔의 근원지는 이스라엘의 가자 지구다. 거기에는 지난 2014년 여름 이스라엘이 가한 폭격의 흔적이 처참하게 남아 있다. 유대인들이 쏜 총에 쓰러져 죽은, 팔레스타인 난민 소년들과 홀로 남겨진 사람들, 무너진 잔해 속에 일그러진 살림살이들이 잿빛 풍경 속에 묻힌다. 여전히 "멈추지 않는 포격 소리"가 대륙을 울리는 듯하다. 포격 소리가 울릴 때마다 "초여름 꽃이" 지고 토해낸 슬픔에 목이 다 쉰다. 초여름 지는 꽃은 '만첩빈도리'로 은유되는 "멈추지 않는 포격 소리"의 희생자들, 즉 가족을 잃은 아이들이다.

가자 지구는 요단강 서안 지역과 함께 팔레스타인 자치지구로, 이스라엘 땅 중에서도 가장 작은 도시다. 인구 대부분이 팔레스타인인으로 오랫동안 이스라엘 저항세력의 중요한 거점이 되어왔고, 현재도 팔레스타인과 유대인 정착민이 서로 격리된 채 살아가고 있는 곳이다. 50일의 전쟁이 남긴 것은 상처와 두려움뿐이다. 전쟁이 다녀간 절망의 도시에 홀로 남겨진 아이들의 모습과 쉼 없는 포격으로 인해 흰 소복을 입고 죽은 자들을 위해 계속해서 장례를 치러야 했던 긴 시간이 저물었다. 이 시조는 2014년 여름, 유대인들이 가자 지구에 가했던 폭압적 상황과 그로 인한 역사적 아픔을 '곡비'에 잘 담고 있다. (d)

비의 문장

김일연

몸이 더욱 깊으니 으스름 저녁이 와서

오시는 어둠의 결이 조금 무거워질 때

맨 처음 빗방울 하나 드디어 당도하였네

나뭇가지 금관에 드리운 물방울 곡옥

투명한 금을 긋는 허공엔 새의 발자국

까마득 잃은 주술을 풀어가는 빗소리

내 연한 어둠의 결이 신성의 숲 속으로

그윽한 비의 문장을 이슥토록 따라가면

맨 나중 빗방울 하나 이윽고 나는 닿아

(『유심』 2014년 5월호)

화자는 저물녘, 비를 무척 기다렸는가 보다. "어둠의 결이 조금 무거워질 때" "맨 처음 빗방울 하나 드디어 당도하였"다는 구절에서 알 수 있다. 비는 천상에서 지상으로 내린다. 즉, 이상적인 세계가 지상으로 내려오는 것이다. 비가 와서 메마른 산천초목을 다 적신다는 점에서 보면 지상으로 생명력을 부여하는 것일 수 있겠다. 특히 봄비라면 그런 의미가 더 강하다.

일반적으로 비가 가지고 있는 이미지는 사회적으로 어떤 혜택이 있다, 혹은 어떤 소문이 돈다, 혹은 영적인 깨어남이 있다는 의미가 있다. 재생, 부활의 의미로서 신성(神性)의 이미지, 환골탈태의 이미지도 강하다. '곡옥'과 '금관'도 옛날 귀족들이나 왕들이 썼던 것으로, 역시 신성의 이미지가 담겨 있다. 기독교식으로 말하면 성령(聖靈)이 임했다는 느낌과 같다. "까마득 잃은 주술을 풀어가는 빗소리"가 들리는, "연한 어둠의 결이 신성의 숲 속으로" 인도하는 저녁, 화자는 그 길 따라가며 "비의 문장"을 읽는다. 그리고 이윽고 "맨 나중 빗방울 하나"에 닿는다. 비의 문장을 따라가며 결국 "신성의 숲 속"인 어둠 속으로 들어가는 것이다.

여기서 비가 내리는 '저녁'이란 시간적 배경 역시 음(陰)과 양(陽)이 교차하는 순간이다. 빛의 세계에서 어둠의 세계로, 보이는 세계에서 보이지 않는 세계로 넘어가는 저녁은 결국 차안(此岸)에서 피안(彼岸)으로 넘어가는 경계다. 이쪽 세계에서 저쪽 세계로 넘어가니 육체적이거나 물질적인 세계가 아닌 영적이거나 정신적 세계다. '새'가 동서양에서 신과 인간을 이어주는 매개체라는 이미지에서도 영적인 이미지와 연결됨을 알 수 있다. (d)

빈집의 화법

김진숙

오지 않는 사람을 기다린 적 있었다
감물 든 서쪽 하늘 물러지는 초저녁
새들이 다녀가는 동안 버스가 지나갔다.

다 식은 지붕 아래 어둠 덥석 물고 온
말랑한 고양이에게 무릎 한쪽 내어주고
간간이 떨어진 별과 안부도 주고받지.

누구의 위로일까 담장 위 편지 한 통
'시청 복지과' 주소가 찍힌 고딕체 감정처럼
어쩌면 그대도 나도 빈집으로 섰느니.

직설적인 말투는 잊은 지 이미 오래다
좀처럼 먼저 말을 걸어오는 법이 없는
그대는 기다림의 자세, 가을이라 적는다.

(『유심』 2014년 10월호)

저물녘 농가의 한때를 바라본다. 여름의 끝자락에서 새가 안부를 묻듯 다녀가고 처마 밑엔 고양이 한 마리가 기지개를 켜는, 울담에는 시청 복지과에서 보낸 편지가 그대로 놓여 있는, 얼마 전까지 누군가 살았을, 밤이면 별이 내리는, 빈집이다.

화자는 "오지 않는 사람을 기다린 적 있었다"고 진술한다. 화자와 '빈집'은 '기다림'이라는 명제에 공감한다. 상련지정(相憐之情)이다. 화자는 '빈집'을 빌려 자신의 이야기를 하고, '빈집'은 화자로 인해 존재를 보인다. 빈집의 화법은 "직설적인 말투는 잊은 지" "좀처럼 말을 걸어오는 법이 없는" 등으로 미뤄 짐작컨대 에둘러 말하고, 나서는 법이 없는 소극적인 화법이다. 화자는 "기다린 적 있었다", "잊은 지 이미 오래다"와 같이 과거형으로 에둘러 말하지만 아직도 누군가를 기다리고 있다. 현재 진행형이다. 그렇게 세월이 가고 계절이 바뀌어 어느새 또 가을 문턱에 들어선다.

빈집의 쓸쓸함, 버스가 지날 때마다 누군가 찾아올 것 같은, 이 기다림을 치유할 수 있는 것은 사람의 온기일 터. 어느 필부의 속삭임, 아이들의 웃음소리가 묘약이 되겠지만, 현대인의 노마드는 어디에 정착할까.

시인아, 이제 에둘러 말하지 않아도 좋다. 직설을 해도 괜찮다. 이 가을 감물 든 노을이 댓돌에 내려앉을 때는! (b)

어떤 비문

문순자

전국이 고병원성 AI로 분분할 쯤
제주시 산지천변 새로 생긴 무덤 하나
부서진 시멘트 조각 묘비도 곁들였네

고사리 손길인 듯 네임펜으로 겹쳐 쓴
'새의 무덤'
'삼가 고 새의 명복을 빌며'
말미에 '소희, 현희'라고 상주 이름도 밝혔네

테역벙뎅이* 내 동생은 무덤조차 없었네
추적추적 겨울비에 드러난 날갯죽지
흙 한 줌 보태지 못한 내 손이 송구하네

* 테역벙뎅이 : 잔디덩어리. 제주에서 일찍 죽은 아이를 이르는 말.

(『시조21』 2014년 여름호)

제주시 산지천은 한때 복개(覆蓋)되었다가 자연형 경관하천으로 복원되면서 주변 시설과 연계해 각종 축제를 열어 시민들과 국내외 관광객들에게 인기가 높다.

거개의 겨울 천변이 그렇듯이 산지천의 겨울도 쓸쓸하기는 매한가지다. 매서운 바닷바람을 등져 천변에서 겨울을 나는 철새들도 더러 있지만 여름날 그 북적거림은 온데간데없고 심심찮게 지나가는 자동차들의 경적과 바람 소리만 정적을 깰 뿐이다. 해마다 이맘때면 어김없이 고병원성 AI나 구제역 감염 소식을 전하느라 매스컴은 바쁘다.

시인은 겨울비가 추적추적 내리는 어느 날 산지천변을 거닐다 '새의 무덤'을 발견한다. 시멘트 조각에 비문을 쓰고 상주는 '소희, 현희'라 밝힌 조금은 우스꽝스러운 모습이다. 그냥 피식 웃고 넘어갈 수도 있는데, 시인에게는 그 작은 무덤에 지난한 어린 시절이 오버랩된다.

시인의 어린 시절, 임부의 출산은 주로 집에서 이루어졌다. 동네에 산파가 있으면 다행이고 없는 경우는 혼자서 치러야 했다. 전쟁 전후 세대에 속한 사람들의 호적상 나이는 한두 살 줄여져 있는 경우가 많다. 그만큼 영아 사망률이 높았다는 이야기이다. 냇가의 양지 바른 풀밭이나 오름 모퉁이에는 잔디 몇 장 얹고 실거리나무로 감싼 애장들이 많았다. 시인은 동생의 무덤을 제주 토박이 말인 '테역벙뎅이'로 표현하며 한 줌 흙도 보태주지 못했다고 자괴한다.

문 시인의 시조는 자신이 태어난 시공간이나 풍속을 묘사하고 진술하여

다감한 이야기들을 구석구석에 숨겨놓는다. 그래서 그의 시를 읽다 보면 동영상을 보는 듯 어느새 그 속으로 빠져들게 된다. 그만큼 체험이 바탕에 깔린 시가 독자들에게 더 큰 감동을 준다는 사실을 시인은 목도하고, 작품을 통해 그 진가를 보여주는 게 아니겠는가.(b)

검결(劍訣)*

민병도

녹두새가 울다 떠난 필사본 유사(遺詞)* 끝에
피 묻은 발자국을 남겨두고 떠나온 밤
숨어서 차라리 환한 칼의 노래 부른다

서풍 불면 꽃이 핀다 누가 감히 말하는가
하늘이 기다리나 사람에 짓밟힌 꿈,
역천의 누명에 버텨 벼린 칼을 잡는다

사라져간 이름 불러 '시호시호'* 울먹이다
허공에 휙, 치솟아 객귀(客鬼)의 목을 치면
달빛도 제 혀 깨물어 하얀 피가 낭자하다

세상은 일체 정적, 숨소리도 끊어진 뒤
벗어둔 옷을 입듯 산허리가 드러나고
발 부은 새벽 물소리 그예 먼 길 떠난다

* 검결(劍訣) : 동학의 창시자 수운 최제우가 지은 『용담유사(龍潭遺詞)』
  의 마지막에 나오는 가사로 일명 '칼 노래'라고도 한다.
* 유사(遺詞) : 『용담유사』
* 시호시호 : 『용담유사』의 한 구절.

(『시조21』 2014년 봄호)

동학의 창시자, 수운 최제우에 관한 시다. 동학에 관한 시는 녹두
장군 전봉준에 관한 시가 대부분임에 비해 이 작품은 최제우에 주목하고 있
다는 점이 신선하다. 신분에 관계없이 인간은 모두 평등하다는 그의 사상은
사회 개혁에 대한 민중들의 희망을 고취함으로써 혼란했던 조선 말기에 큰
변혁을 야기한 사상이었다. 최제우가 한글로 지은 『용담유사』에 수록된 9편
중 맨 마지막이 '검결(劍訣)', 즉 '칼 노래'다. 최제우는 득도의 기쁨을 이기
지 못하여 이 「검결」을 짓고 목검(木劍)으로 춤췄다고 한다. "용천검 드는 칼
을 아니 쓰고 무엇하리, …(중략)… 호호망망 넓은 천지 일신으로 비켜서서
칼 노래 한 곡조를 시호시호 불러내니"에서 보듯이, 최제우는 정치적 혁명
까지 꾀하였기 때문에 1864년에 41세의 나이로 처형당했다. 동학농민전쟁
때는 「검결」이 동학군의 군가로 애창되었다고 한다.

　'녹두새'는 온 몸이 파랗고 작은 새를 말하지만, "녹두새가 울다 떠난"에
서 알 수 있듯이 '새야, 새야, 파랑새야'의 전봉준 장군을 떠올리게 하는 새
다. "역천의 누명에 버텨 벼린 칼을 잡는" 모습이나 "허공에 휙, 치솟아 객귀
(客鬼)의 목을 치"는 장면에서는 개혁의 길을 가고자 했던 선각자의 결연한
의지가 귀기(鬼氣)처럼 섬뜩하게 느껴진다. "달빛도 제 혀 깨물어 하얀 피가
낭자하다"는 최제우가 못다 이룬 꿈과 희생이 눈앞에 보이는 듯 생생하게
다가온다. (c)

실밥

박권숙

올올 곧게 박은 인연 가위질한 매듭처럼

깜짝 놀란 곡선으로
꽃 다 보낸 저 꽃나무

헌 실밥 흔적만 남은 내 이승도 저기쯤

꽃 진다 오후 네 시 무궁화호 열차 뒤로

하동역 썰물같이
석양 빠져나간 자리

실구름 한 뭉치 멀리 너의 저승에 닿는다

(『시와문화』 2014년 가을호)

실은 역사도 노릇도 길고 많다. 그 소임은 촘촘한 바늘땀이 잘 보여준다. 하지만 실밥은 실과 영판 다르다. 실밥이 보이면 손톱깎이나 가위를 찾을 만큼 감추고 싶어지기 때문이다. 실밥 끄트머리가 삐죽이 나오면 칠칠치 못한 무슨 치부인 양 허둥대게 되고, 못난 식구의 뒷덜미를 본 듯 짠하기까지 하다.

그런 "실밥"이 생의 반추를 부르기도 한다. 고운 인연의 은유인 "매듭"을 자르듯 "깜짝 놀란 곡선으로/꽃 다 보낸 저 꽃나무" 속의 봄날⋯⋯. 대체 어떤 나무가 "깜짝 놀란 곡선으로" 꽃을 보내는가. 꽃이 진 후에 나타나는 나무의 선을 "곡선"으로 그린 걸까, 꽃 지는 모습을 "곡선"으로 잡은 걸까. 둘 다라도 좋은 참신한 이 비유는 "헌 실밥 흔적만 남은 내 이승도 저기쯤"에 오면 한층 묵직해진다. "실밥"이 수술 후 꿰맨 자리에 쓰는 의미이기도 하니 시인 가족의 감동적인 헌신(아버지와 언니의 신장 이식)을 환기하는 것이다. "꽃 다 보낸" 나무에 남은 흔적들이 "헌 실밥"처럼 비친 것일 수 있지만, 무심한 듯한 이 비유의 자장이 에밀레종 소리처럼 길다.

"꽃 진다 오후 네 시 무궁화호 열차 뒤로"는 화자의 위치와 시점과 분위기의 압축적인 제시다. 도치된 구문은 특히 효과적인 장치로 "하동역 썰물같이/석양 빠져나간 자리"를 오롯이 돋워준다. "썰물"과 "석양"이 다 사라져가는 흔적이라는 점에서 이 역시 "헌 실밥 흔적"으로 볼 수 있는 표상들이다. 이어 "실구름 한 뭉치 멀리 너의 저승에 닿는다"는 종장은 "내 이승도 저기쯤"에의 대응이자 먼 사람을 향한 그리움으로 보인다. 꽃봄에 오히려 "저승" 생각이야 독자가 치르는 통과의례기도 하지만, 이 시조의 경우에는 "헌 실밥"을 대동함으로써 더 곡진한 여운을 이룬다.

우리네 삶의 '끈'이고 '줄'이고 '연'의 표상인 실. 각종 의례나 고사에서의 장수 축원, 제물 또는 폐백으로 진설된 실타래 전통을 돌아보면 여러모로 긴 끈이 바로 실이다. 그런 실이 끊기면 실밥 신세니 삶의 오묘한 비의가 여기 있다. (a)

뻐꾸기 우는 날은

박기섭

뻐꾸기 우는 날은
뻐꾸기 울음터에
여남은 개 스무 개씩 돌팔매를 날려본다
돌팔매 날아간 족족
앉는 족족
너 있다

아니면 또 한나절을
꽃밭 가에 나앉아서
봉숭아 채송화를 송이송이 헤어본다
다홍빛 분홍빛 속에
그 꽃 속에
너 있다

뻐꾸기 우는 날은
뻐꾸기 울음 따라
십 리쯤 시오 리쯤 자드락길 걸어본다
하현달 사위는 서녘
그 서녘에
너 있다

(『시조시학』 2014년 여름호)

화자는 지금 산기슭에서 뻐꾸기 울음을 듣고 있다. 뻐꾸기가 우는 소리를 들을 수 있는 것은 그만큼 화자의 주변이 적막하다는 것이며, 그 울음에 마음속으로 공명(共鳴)하는 것은 화자가 뼈저리게 고독하다는 방증이다. 뻐꾸기가 우는 날에 "여남은 개 스무 개씩 돌팔매"나 날려보고, "꽃밭 가에 나앉아서/봉숭아 채송화를 송이송이 헤어"보거나, "뻐꾸기 울음 따라/십 리쯤 시오 리쯤 자드락길 걸어"보는 화자의 행위는 존재론적인 고독에 상응하는 행위다. "~에 너 있다"는 말은, 너라는 존재가 화자에게 어떤 사물에서든 발견되는 절대적인 존재임을 뜻하며, 이는 역설적이게도 실제로 현실세계에서는 이미 '네가 존재하지 않는다'는 상실감의 표현이기도 하다.

화자의 마음속에만 남아 있는 '너'이므로 돌팔매나 날려보는 것이다. '돌팔매'는 포물선을 긋고 사라지는 사랑, 내 손아귀에서 달아난 사랑이다. 뻐꾸기가 피나게 토해낸 다홍빛, 연분홍 울음들은 꽃밭에 떨어져 봉숭아, 채송화로 피어나고, 화자는 그 울음들의 속잎을 송이송이 헤어본다. 잃어버린 사랑의 빛깔들 속에 설움처럼 울컥 피어난 너를 보는 것이다. 그래서 뻐꾸기 우는 날이면 화자는 쓸쓸하게 산길을 걸으면서 "하현달 사위는 서녘"에 또 네가 있음을 느낀다. 소멸과 부재로 인한 적막감과 애상감이 뻐꾸기 소리로 되살아나는 이 시는 존재론적 고독과 허무가 행간마다 묻어 있다. (c)

혼잣밥

박명숙

변기 위에 걸터앉아 혼자 밥을 먹는다
밥일까 사료일까 그것을 모르지만
물 한 병 김밥 한 줄로 빈 창자를 모신다

산 목숨에 제 올리듯 받쳐 든 점심 한 끼
외로움 달아걸고 마른 입을 적시면
둘이선 들어갈 수 없는 목구멍도 저 혼자다

구렁 같은 목구멍을 한 모금씩 뚫고 가는
뚫어야만 피가 도는 하루치 목숨 앞에
괜찮다 홀로 나앉아 밥 먹는 일 괜찮다

(『내일을 여는 작가』 2014년 상반기호)

일이 많아 밥때를 놓쳤을 때 털레털레 혼잣밥을 먹으러 간 적이 있을 것이다. 늘 허기진 인생, 오로지 생존을 위해 꾸역꾸역 위장을 채우는 것 같아 혼잣밥을 먹을 때만큼 처량한 것도 없다. 더군다나 그 밥이 "변기 위에 걸터앉아" 먹어야 하는 혼잣밥이라면 사정은 더할 나위 없이 비참하다. 밀폐된 공간에서 눈치 보며 남몰래 허겁지겁 먹어야 하는 혼잣밥은 궁상맞기까지 하다. 타인과 함께하지 못하고 독식(獨食)할 수밖에 없는 상황은, '독식'이 생존과 직접적인 연관이 있기 때문이다.

"물 한 병 김밥 한 줄"로 배를 채우고 또 산더미 같은 업무 처리를 위해 일터로 향해야 하는 것이 우리의 일상이 아닌가. "산 목숨에 제 올리듯" 혼자서 점심 한 끼를 해결하고 "외로움 닫아걸고 마른 입을 적시"는 날들이 늘어간다. "둘이선 들어갈 수 없는 목구멍도 저 혼자"라는 것에서 알 수 있는 것은 생존경쟁의 구조 속에서 제대로 밥 먹고 살아가려면 옆 사람을 앞지르지 않으면 안 된다는 이야기다. 결국 혼자 "구렁 같은 목구멍"을 한 모금씩 뚫고 가야 하는 것이다. 단단한 자본주의의 벽을 "뚫어야만 피가 도는 하루치 목숨 앞에" "괜찮다 홀로 나앉아 밥 먹는 일 괜찮다"고 하는 것은 스스로에 대한 위안 아닌 위안이 아니겠는가.

결국 혼잣밥을 먹어야 하는 상황을 숙명적으로 받아들일 수밖에 없다. '변기' 위에 앉아 혼자 밥을 먹는다는 것은, 먹고 사는 건 누가 대신해줄 수 없는 일임을 증언한다. 먹는 것도 배설하는 것도 모두 스스로의 몫이다. 그것을 받아들일 때 "구렁 같은 목구멍"을 뚫고 갈 수 있다. (d)

미래파 화장품

박성민

찢겨진 달력들은 왜 과거만 노래할까

시들이 시들어갈 때 신서정, 당신이 왔어

전위란 전희인 거야 긴 울음을 달래는

헤어진 방울방울 유리창에 허물어지는

빗방울의 혈액형은 아마도 A형일 거야

당신이 붉은 비 같아 지혈을 할 뻔했지

전복을 전복하면 정상위일 뿐인데

당신이 네게 건넨 알약은 플라시보*

오래된 화장품처럼 닦아내는 미래파

* 플라시보(placebo effect) : 위약 효과, 약효가 전혀 없는 가짜 약을 진짜 약이라고 믿게 하고 환자에게 복용하게 했을 때 병세가 호전되는 효과.

(『시조시학』 2014년 가을호)

요즘 안티에이징이 대세다. 화장품으로 인해 이목구비를 또렷하게 하고 주름을 가리며 젊어 보이게 하는 효과가 가능하다. 미용과학이 발달하면서 이미 원판불변의 법칙이란 것도 없다. 그래서 화장은 자기 위로의 효과도 있다. 그런데, 미래파 화장품이라니! 미래파는 전통을 부정하고 약동감과 속도감을 표현하는 미래주의자들을 통칭할 때 쓴다. 시인은 미래파와 화장품의 접목을 통해 기존의 질서를 전복하여 새로운 질서를 만들어내는 이른바, 환골탈태의 의미로서 기능을 해학적으로 표현했다.

한때, 시단에는 미래파 시들이 유행처럼 번졌던 적이 있다. 전통 서정시를 전복하는 새로운 기법이라는 콘셉트의 시들이 주목을 받다가, "시들이 시들어갈 때 신서정, 당신이 왔"다. "전위란 전희인" 것일까? 전위예술이나 미래파는 이전의 것을 배격하고 새로운 표현수법을 시도하는 실험적 예술로, 과거를 버리고 새로움을 좇는다. 화자는 당신의 넘쳐나는 생명력을 감당할 수 없어 지혈을 할 뻔한다. 그리고 가장 동물적이고 원초적인 생명의 본능을 표상하는 붉은색의 이미지에 취한다. "전복을 전복하면 정상위일 뿐인데" "당신이 네게 건넨" 플라시보 효과처럼 달콤한 거짓말의 유혹에 넘어간다. 그리고 "오래된 화장품처럼" 미래파를 닦아낸다.

플라시보 효과에서 보는 것처럼, 인간의 신념이나 상상력만큼 강한 것도 없다. 물질을 창조하는 것은 인간의 의식이기 때문이다. 인간의 상상력, 인간의 신념이 집단적으로 작용했을 때 물질은 불가피하게 거기에 따라갈 수밖에 없다. (d)

멍

박시교

네 살 속
또는 영혼 속
깊이깊이
숨어들어

하나의 목숨임을 확인하는 순간의 전율

참았던
비명을 삼키는
오, 아뜩한
절명.

(『나래시조』 2014년 가을호)

멍에는 중층의 울림이 담겨 있다. 넓은 뜻을 지닌 한 음절 단어가 꽤 있지만, "멍"은 그중에도 아주 긴 여운을 거느리는 깊은 말이다. 발음 자체도 여음이 긴 구조인 데다 말이 깨워내는 기억의 중첩과 파장이 넓기 때문이다.

다층적 문양도 환기한다. '멍든' 자국처럼 몸에 어떤 흔적을 안 가져본 사람은 없을 것이다. 우리네 삶이 몽골반점이라는 일종의 "멍"을 갖고 시작되듯, 살아가는 일 자체가 무릇 "멍"과의 동반인지도 모른다. 그런 중에 더 깊은 "멍"은 흉터가 되어 평생 지울 수 없는 흔적으로 몸과 마음의 이력서로 기록되지 않던가.

그렇게 "멍"은 우리 몸과 마음에 수시로 출현한다. "네 살 속/또는 영혼 속/깊이깊이/숨어들어" 있다 불현듯 '그때'를 일깨우는 것이다. 시인이 보건대 그것은 "하나의 목숨임을 확인하는 순간의 전율"이다. "멍"이란 피 맺힌 순간의 저장소, 죽은 살에는 아무 자국도 남지 않으니 결국 살아 있음의 환기다. 푸르스름하거나 푸르뎅뎅하거나 붉으죽죽하거나 불긋푸릇하거나 멍의 색깔은 가해진 정도의 강도와 상처의 차도에 따라 다른 음영을 이룬다. 책상모서리에 부딪힌 흔적은 곧 사라지지만 더 큰 아픔이라면 "영혼 속"으로 "깊이깊이/숨어들어" 오래도록 떨게 할 것이다. 특히 생사를 오가는 수술 같은 의 자취라면 삶에 대한 더 많은 반추를 동반할 것이다.

그래서 "참았던/비명을 삼키는/오, 아뜩한/절명."은 새로운 파장을 일으킨다. 자신도 모르게 터져 나오려는 "참았던" 그 시간의 "비명"과 그것을 다시 삼키는 "오, 아뜩한" 순간! 그 순간의 "절명."은 "멍"이 일으키는 환시 같은 기억들. "멍"으로 인해 우리는 "절명."의 순간을 돌아보며 다시금 살아 있음의 "전율"을 느낄 수 있는 것이다.

　　어쩌면 시라는 것도 그런 "아뜩한" 순간의 "전율"을 전하고자 하는 "멍"의 선연한 파동들이 아닐지……. (a)

모음을 위하여

박연옥

친구들과 떠나는 먼 바다 여행길에

차창 밖 몰려드는 또 다른 바다 풍경

반쯤은 황금빛으로 내 품에 와 젖을 때

해안선 멀리멀리 재잘대는 파도 떼들

벗어놓은 일상들이 멀고도 가벼웠다

어느덧 우리 모두는 해초처럼 일렁였다

생각도 부대끼면 떠내려온 쉼표인가

오늘 밤 우리 꿈은 빈 서랍을 열고 닫는

모음이 참 아름다운 시도 되고 밥도 된다

(『시조미학』 2014년 하반기호)

친구들과의 여행보다 편한 길이 또 있을까. 그중에도 오래 묵은 친구들과의 여행이라면 어딜 가나 풍경과 음식에 깊은 맛을 얹을 것이다. 어떤 말도 즐거운 수다로 이어지니, 더불어 깔깔댈 때 누적된 피로며 묵지근히 짓누르던 체중 따위도 다 씻긴다. 그야말로 위안과 치유의 길로 거듭나는 것이다.

더욱이 여자들끼리는 "해안선 멀리멀리 재잘대는 파도 떼들"이나 다를 바 없는 소란을 품고 다니게 마련이다. 너도나도 한때의 그리운 시절로 돌아가기 바쁘니 갱년기 우울 어쩌고 할 틈도 없다. 누가 눈총을 쏘아대거나 '참 철딱서니들 없다'고 혀를 차든 말든, 여행 수다는 끊임없이 새로운 꽃을 피워낸다. 그렇게 "해초처럼 일렁"이며 떠들다 보면 "떠내려 온 쉼표"처럼 입을 닫고 그냥 쉬는 맛도 좋다. 하지만 "빈 서랍을 열고 닫는" 그 시간이야말로 지나온 날들의 의미를 꺼내 새록새록 닦아줄 것이다.

그렇게 마음을 풀어놓고 나면 일상에는 다시 파릇파릇 생기가 돈다. "모음이 참 아름다운 시도 되고 밥도" 되는 시간 역시 그런 속에서 건져 올리는 아름다운 순간들의 집합이다. 특히 여자들끼리의 여행일 경우 "모음"은 '母音'이라는 본연의 역할을 더 할 수도 있을 것이다. 자음을 잇고 받치며 말을 만드는 어머니 음으로서의 역할을 부각하듯, 빈자리를 통해 어머니의 소중함을 환기했기 때문이다.

시인은 참신한 비유나 수채화 같은 이미지로 명징한 구조화를 종종 보여준다. 이 작품은 조금 평이한 편에 들지만, 감각으로 벼리는 서정의 면모들이 새로운 모음의 세계를 여는 것이겠다. (a)

간절곶 야경

박영식

어둠을 쓸고 쓰는
등대 불빛 잦은 비질에

흰 갈기 세운 파도
아기 고래 떼 업고 온다

내륙은
사부작사부작
밤새 젖 물려주고

띠배에 실어 보낼
젯밥을 지으려고

수만 섬 별을 쏟아
스륵스륵 씻는 소리

끝없이
헹궈낸 뜨물
해안 띠로 둘렀다

(『개화』 2014년 23집)

간절곶······ 이름만 들어도 더 간절해지는 곳이 있다. 간절곶이라는 데가 그렇다. '긴 간잣대처럼' 보인대서 붙인 이름이라지만 의미에 사로잡히기 잘하는 시인들은 간절곶 앞에서 턱없이 간절해지기 일쑤다. 울산의 해돋이 명소라는 뜨르르한 이름값보다 가슴에 깊이 와 닿는 '간절'의 파문이 크기 때문이리라.

그래서일까 간절함에 끌리는 시인들이 간절곶에 대한 시도 꽤 남기고 있다. 그중 천양희 시인의 「간절곶」이 긴 울림으로 당기곤 해서 간절곶에 꼭 가봐야지 했던 기억이 선연하다. 정말 별 사연이 없어도 그 이름 앞에 서면 뭔가 더 간절해지고 괜스레 더 철썩이는 느낌이 들지 않는가.

그런 곳에서 "어둠을 쓸고 쓰는" 등대는 비질이 꽤나 눈부신가 보다. 비질은 불빛이 지나며 그리는 모습의 은유인데, 그렇게 중첩해놓으니 "사부작사부작/밤새 젖 물려주"는 내륙의 마음이 똑 어머니 마음인 양 더 크게 담긴다. 그 덕에 "아기 고래"도 떼를 지어 오는지, 흰 갈기를 펼쳐드는 파도도 끊임이 없다. 그게 다 "띠배에 실어 보낼/젯밥을 지으려고" 하늘이 "수만 섬 별을 쏟아" 씻는 것이라니 놀라운 전언이다.

"스륵스륵" 씻는 소리와 함께 등대의 기나긴 비질이 오늘밤도 간절하겠다. 해안에 흰 뜨물 띠가 기다랗게 또 둘리겠다. 무릇 간절하면 통하리니, 가슴속 편지 하나 간절하게 다시 쓰고 싶다. (a)

칠월 연밭

박옥위

덩그런 연잎에 코를 박고 잠자는 듯
애 잠재 한 마리 초록 삼매에 빠진 건
연잎을 핑글 돌리는 초록 바람이 먼저 안다

고요를 길어 올려 연꽃 하나 피울까
무청빛 연꽃 바다에 시 한 줄 드리워놓고
연잎에 보슬대는 빗소리 눈감고 듣는다

연꽃은 펴오르고 활짝 벌다 더러 지고
고운 잎 채 지기 전 연밥조차 알이 차는
너울 귀 푸른 한낮이 초침처럼 가고 있다

(『시조21』 2014년 가을호)

칠월, 긴 장마가 지나간 무더운 시간 속으로 연밭 길이 고요하게 펼쳐진다. "애 잠재 한 마리 초록 삼매에 빠"져 있다. 삼매는 고요한 정적의 상태로 열반에 든 것과 다름없다. 명상에 잠겨 진정한 자신의 모습으로 깨어 있는 상태라는 불교 용어다.

연꽃은 불교에서 깨달음을 보여주는 상징물이 아닌가. 부처님의 가르침인 연꽃의 의미는 청정과 초탈의 상징으로 세속에서 벗어난 밝고 맑은 세계이다. 시적 배경이 되는 '칠월'은 완성의 계절이면서 산천초목이 자신의 모습을 완벽하게 드러내는 절기다. 이렇게 아주 더울 때 '초록 바람'과 '빗소리'는 여름의 무더위를 식혀주고 갈증을 해소시켜주는 아주 반가운 손님이다. 화자는 서로가 자신의 모습을 뽐내며 다투는 '한여름의 각축장' 속에서 연꽃의 깨달음과 아름다움과 편안한 이미지를 떠올린다. 칠월의 연밭은 일상에 지치고 피곤한 모습 속에서 무언가 편안하고 아름다운 모습을 조용하게 드러내고 있는 것이다. 고단한 일상으로부터 스스로의 존재감을 회복하고 치유하는 힘은 "고요를 길어 올려 연꽃 하나 피"우는 것, 즉 "무청빛 연꽃바다에 시 한 줄 드리워놓"는 과정에서 얻어진다.

연꽃을 '만다라화'라고 한다. '만다라'는 삼라만상이 일정하게 반복되는 도형이나 모양을 통해서 표현한 그림을 말하는데, 만다라를 보는 것 자체만으로도 명상이 되고 수행이 된다. 삼라만상을 상징하는 오묘한 우주의 법칙이 연꽃에는 담겨 있다. "진흙 속에서 나왔지만 물들지 않고,/맑은 물결에 씻어도 요염하지 않으며,/속이 소통하고 밖이 곧으며/덩굴지지 않고 가지가 없기 때문"에 연꽃을 사랑한다는 「애련설」처럼, 진창 속에서 피지만 맑은 연꽃이다. 속세의 더러움 속에서도 물들지 않고 깨끗한 꽃을 피운다는 청정함의 상징으로서의 연꽃의 정신을 닮아가면서 진정한 자신의 모습을 만나는 시간이 필요할 듯싶다. (d)

빛나는 부재

박정호

나무가 베어지고 마당이 넓어졌다

흔들림이 멈추었고
그림자가 사라졌다

그렇게 간단한 생애,

햇빛이 가득하다.

(『시산맥』 2014년 여름호)

혼자 시를 감상할 때는 주로 묵독(黙讀)을 하거나 음독(音讀)을 한다. 어떤 시는 눈으로 슬쩍 보고 넘어가는가 하면 어떤 시는 여러 번 소리 내어 읽는 경우도 있다. 「빛나는 부재」에 이르러서는 눈으로 읽다가, 중얼중얼 소리 내어 읽다가, 마침내 마음으로 읽게 된다. 말하자면 심독(心讀)을 하는 것이다. 제목이 주는 매력도 매력이지만 함의된 의미 하나 캐내고 싶어서이다.

제목에서 '빛나는'과 '부재'의 관계는 모순이지만 어느 시인의 시구 '찬란한 슬픔의 봄'이 주는 느낌처럼 '부재'의 의미망을 넓혀준다. 화자는 "나무가 베어지고 마당이 넓어졌다"고 말한다. '나무/마당, 베어지고/넓어졌다'에서 보듯 나무는 부재로 화하지만 마당의 존재는 커졌다. 성철 스님은 윤회를 설명하면서 '에너지 보존의 법칙'을 예로 들었다. 물이 얼음이 되었다고 물이 없어지는가? 열에너지가 빛으로 화했다고 열이 없어지는가? 본질은 변함이 없고 단지 현상의 변화만이 있을 따름이다.

중장과 종장에서 보여주는 '흔들림'이나 '그림자'는 사라졌지만 그 공간에 햇빛이 가득 찼다. 화자는 "그렇게 간단한 생애"라 말하지만 그렇게 간단하지가 않다. 더해진 것도 덜해진 것도 없다. 이 짧은 시를 심독(心讀)해야 하는 이유이다.

"모순과 갈등은 그림자도 찾아볼 수 없네/허허, 이 무슨 장관인가?/붉은 해는 지고 둥근 달이 떠오른다."(성철 스님) (b)

미간

박지현

아는 길도 오래 걸으면 모르는 길이 된다
익숙한 돌멩이도 낯익은 풀들조차
발길을 가로막으며 불심검문 깜박인다

내 생의 어느 행간을 잇는 갈래길인가
오래전 걸어왔던 미간에 갇힌 시간들
우거진 환삼덩굴에 표지석도 숨어버린

햇살도 숨을 고르는 너덜겅에 오른다
묵언수행에 몸 맡기면 고요도 낯설어서
미간의 돛 없는 길이 저만치 앞서간다

(『시조시학』 2014년 여름호)

언어가 인간의 표현수단 중에서 가장 정확한 것이기는 하지만, 가장 진실한 것이라고는 볼 수 없다. 언어보다 진실한 신체부위는 아마도 눈이 아닐까. 입술로는 이별을 이야기하면서도 눈으로는 울고 있는 사람의 경우가 그렇다. 이 눈 위에는 눈썹이 있고, 그 눈썹 사이가 미간이니 미간은 관상학적으로도 눈이나 코보다 중요하다고 한다. 미간이 넓으면 상상력이 풍부하여 문인의 기질이 있다고 한다.

　"아는 길도 오래 걸으면 모르는 길이 된다"는 모순어법으로 시작하는 이 작품은, 우리가 산책길 같은 곳에서 자주 보아 익숙한 돌멩이나 낯익은 풀들조차 때로는 낯설게 느껴지던 보편적 경험을 형상화함으로써 독자의 공감대를 형성한다. "내 생의 어느 행간을 잇는 갈래길인가"는 눈썹과 눈썹 사이를 행간으로 인식하고, 현생의 길이 눈썹 사이에서 시작되었음을 돌아보는 일이다. "오래전 걸어왔던 미간에 갇힌 시간들"은 살아오면서 미간을 찌푸렸던 시간들이나 미간을 환히 펴며 웃었던 시간들을 함축한다. 이마에서 다른 부위보다 솟아오른 미간을, 돌이 많이 깔린 비탈길, 즉 너덜겅으로 자연스럽게 비유하는 감각적 사유가 돋보인다. "묵언수행에 몸 맡기면 고요도 낯설어"져서 "미간의 돛 없는 길이 저만치 앞서"가는 날을 소망하는 화자의 마음이 아름답다. (c)

비

박현덕

배꽃도 다
마냥 지고

바람처럼
구름처럼

봄비에 젖어버려
세월 간다
했는데

간신히
마음 쓸고 간
천지간, 새의 깃털

(『시산맥』 2014년 봄호)

봄비는 흔히 희망을 옮기는 전령으로 마른 대지에 시침하여 작은 것들의 동면을 깨워주고 갈증을 풀어주는 손길 따스한 천사의 역할로 그려진다.

하지만 「비」의 작품에서의 봄비는 그러한 설렘과 희망만을 전하는 전령이 아니다. '비/꽃'은 서로 길항관계이다. 왜냐하면 봄비는 꽃을 벌게도 하지만 만개한 꽃들에겐 맹독이 될 수도 있기 때문이다.

배꽃의 한나절은 대략 4월 중순일 터인데 화자는 "배꽃도 다/마냥 지고"로 시를 연다. 결실을 위한 낙화(洛花)라면 그리 서운하지 않겠는데 화자는 아쉬워한다. 바로 '마냥'이란 시어가 주는 느낌에서 알 수 있다. '마냥'이 그 자리에 정치(定置)할 수 있는 것은 바로 봄비의 폭력이다. 초장의 "바람처럼/구름처럼"은 바람/구름 간의 관계라기보다는 배꽃들이 저들의 속성처럼 쉽게 떨어짐을 직유화한 것이다.

중장에서 화자는 봄비에 배꽃이 다 지고 희뜩희뜩 얼룩진 길을 걸으며 계절이 지나감을 실감하고 비감에 젖지만 종장에서 반전을 이룬다. 시조의 묘미 중 하나는 종장에 있다. 종장의 '간신히'란 시어가 초장의 '다 지고'를 반전시키는데, 빗방울 하나에도 부서질 것 같은 꽃잎 한 장이 새의 깃털처럼 떨어지며 쓸쓸한 마음을 쓸어준다. 천지간이 환하다.

천지간은 시인의 마음이다. 마음은 그리 넓어 못 담을 게 없듯이 단시조의 그 작은 그릇에 천지간을 담는 일, 그것은 또한 시인의 몫이다. (b)

OMR카드

박희정

OMR카드가 완성될수록 너의 뇌는 죽어간다

한 치의 흐트러짐 없이 공란도 허용치 않는

알잖아, 숫자로 매겨지는 지긋지긋한 순간들

세상은 한 획으로 그을 수 없다는 걸

시행착오와 오뚝이 인생, 그다음에 오는 것들

때때로 터무니없는 시험에 절규하는 너의 뇌

(『정형시학』 2014년 상반기호)

시험을 볼 때 OMR카드에 수성 펜으로 체크하며 답안 작성을 하던 기억이 떠오른다. "한 치의 흐트러짐 없이 공란도 허용치 않는" 카드에 우리는 꼼꼼하게 체크를 하였다. "OMR카드가 완성될수록" 우리의 뇌는 서서히 죽어간다. "숫자로 매겨지는 지긋지긋한 순간들"에 우리도 어느덧 익숙해지고, 이제는 기계화된 시스템의 노예가 되어버린 것이다.

우리나라는 '1등만 기억한다'는 유명한 광고 문구가 있다. 시험 성적으로 하여 1등부터 꼴등까지 줄을 세운 뒤, 그들의 인성(人性)까지도 평가해버리는 현실이 안타깝기만 하다. 1980년대 하이틴 영화 제목 중에 〈행복은 성적순이 아니잖아요〉가 있었다. 그러나 행복은 성적순이 되고 있다. 어느 순간 성적이 행복한 삶의 지표가 되어버렸고, 인간을 평가하는 중요한 항목이 되었다. "세상은 한 획으로 그을 수 없"는 것이다. 이 시조의 핵심 구절이다. "시행착오"와 "오뚝이" 인생이 반복될 수밖에 없는 것일까. 인생은 시험이다. 풀고 풀어도 정답이란 없는 것이 인생이다. 매일매일 매 순간순간이 전쟁이고, 심판이고, 시험이다.

초등학교에서 고등학교까지 많은 시험을 보고, 수능 시험 한 번으로 대학을 가고, 또 취업을 위해 많은 시험의 관문을 통과해야 하고, 사람과 사람 사이에서 쉼 없이 시험을 봐야 하는 것이 우리의 인생이다. 그러다가도 "때때로 터무니없는 시험에 절규하"기도 하는 것이 인생이다. 예상하지 못했던 난관이나 역경, 시련의 과정을 만날 수도 있다. 인생에는 정답이 없는데 정답을 제시하라고 하니 거기에 우리는 절규하는 것이다. 그래서 세상은 한 획으로 그을 수 없고, 그어서도 안 되는 것이라고 강조하는 게 아닌가 싶다. (d)

꽃 진 자리

배경희

봄이 오는 첫 길목에 목련이 피었다

초록이 길 낼 무렵 목련은 지고 있다

한순간 면목가증(面目可憎)처럼 아 하고 꽃은 졌다

몸이 먼저 말하듯 없던 병도 터지고

세상 한켠 비바람에 한때는 가고 없다

세월은 꽃 핀 자리보다 진 자리가 길다

(『불교문예』 2014년 여름호)

이 작품의 분위기는 허난설헌의 한시, '보슬보슬 봄비는 연못에 내리고(春雨暗西池)/찬바람이 장막 속에 스며들 제(輕寒襲羅幕)/뜬 시름 못내 이겨 병풍에 기대니(愁依小屏風)/송이송이 살구꽃 담 위에 지네(墻頭杏花落)'를 떠올리게 한다. 꽃이 일시적인 아름다움을 상징한다고 볼 때, 꽃이 지는 것은 허망하게 지나가는 여인의 젊은 날과 조응을 이루기도 한다. 담 위에 지는 살구꽃처럼 애상적인 분위기를 형성하는 시어는 이 시에서 목련꽃이다. 목련은 늦가을에 꽃봉오리를 맺고, 추운 겨울을 견뎌낸다. 꽃봉오리 겉에 붙은 솜털 가득했던 껍질은 봄기운이 느껴질 때 한 꺼풀씩 떨어지며 하얀 속살을 드러내고 초봄을 알리지만 봄이 완연히 익어가고 "초록이 길 낼 무렵 목련은" 소리 없이 진다.

목련이 지고 나면 "몸이 먼저 말하듯 없던 병도 터지고" 조락의 허무함을 느껴야 하는 시간, "세상 한켠 비바람에 한때는 가고 없다"는 상실의 계절이 온다. "세월은 꽃 핀 자리보다 진 자리가 길다"라는 인식에 가닿을 때까지 우리는 얼마나 아파야 하며 그 아픔을 통해 얼마나 더 성숙해져야 할는지. 배경희 시인의 시를 읽는 일은, 울음 없는 눈에 고인 눈물을 들여다보는 것처럼 안쓰러운 일이다. (c)

잘 익은 상처는 향기롭다

배우식

1
누군가 던진 돌 하나,
나무 속에 박혀 있다.

그 돌을 그러안고
통증을 견디는 서향.

안에선 상처가 익는다,
향이 왈칵 쏟아진다.

2
참았던 눈물 같은
꽃향기가 폭발한다.

고백하듯 꽃은 피고,
향내가 천리 간다.

사람도 저 서향 같아야
향기가 멀리 간다.

(『시조시학』 2014년 가을호)

어떻게 상처가 향기로울 수 있을까. 이 역설적 언어 조탁의 힘은 "나무 속에 박"힌 "돌을 그러안고/통증을 견디는" 시간 속에서 구체적으로 발현된다. "누군가 던진 돌 하나"가 "나무 속에 박"히고 "그 돌을 그러안고/통증을 견"뎌야 하는 시간이 있다. "안에선 상처가 익"는 순간, "향이 왈칵 쏟아"지면서 상처의 꽃이 핀다. 고통의 시간을 통해 만나는 삶이 더욱 진한 향기를 뿜어낼 수 있지 않은가.

프로이트는 "예술은 직접적인 욕망 충족을 유예한 대가로 얻어진 고통의 산물"이라고 했다. 엄청난 고통과 상처를 겪은 자만이 무언가를 치유할 수 있고 회복시킬 수 있는 작품을 만들어낼 수 있다는 이야기다. 가령, 모래알을 품은 조개가 모래알의 아픔을 견뎌내며 계속해서 진주를 만들어내듯이 말이다. 고통 속에서 만들어 내는 것이 바로 진주다. 여기서 향기는 빛나는 고통의 산물이다. 그 향기가 멀리 간다는 이야기는 많은 사람들과의 소통과 공감을 이끌어낼 수 있다는 말이 된다.

김난도 교수의 말처럼, 꽃이 피기 위해서는 천 번은 흔들려야 한다. "참았던 눈물 같은/꽃향기가 폭발"하는 순간 "고백하듯 꽃은 피고,/향내가 천리"를 간다. "사람도 저 서향 같아야/향기가 멀리" 갈 것이다. 상처가 있지만 결코 슬픔과 아픔의 감정에 빠지지 않은 것은 상처 속에서 삶의 향기를 맡았기 때문일까. 씨앗의 상처와 땅의 상처의 만남 속에서 화자는 스스로 견뎌야 할 상처의 무게와 깊이를 확인할 수 있듯이 견뎌야 하는 삶이 깊을수록 생명력은 만개한다. 상처가 깊다는 것은 그만큼 견디며 살아가야 할 열망의 시간이 많다는 것이다. (d)

이어도

백이운

화산도가 낳고 길러 화산 같은 사람들

가슴에 섬 하나 품고 언젠가는 가리라고

목숨을 이어도 가리라고 바라보던 수평선.

저곳에 가 닿으리라 염원했던 사람들

제 몸을 벗고서야 섬의 몸을 보았으리

이어도, 감춘 몸으로 비롯되는 섬이여.

바다가 숨겼다 들어 올린 그것은

섬이 아니었다 암초가 아니었다

이어도 붉고 푸른 혼, 제주인의 숨이다.

(『시조매거진』 2014년 하반기호)

이어도라는 명칭이 언제부터 나왔는가 하는 문제는 그리 간단하지가 않다. 연구자에 따르면 1920년대로 거슬러 올라가는데 구전되는 제주 민요의 후렴구 '이어도 사나 이어도 사나'에서 나왔으며, 여기에서 이어도는 하나의 섬이라는 설이 설득력을 지녔다. 그런데 최근 19세기 말 유배인 이용호의 시문집 『청용만고(聽春漫稿)』에 이여도(離汝島), 말 그대로 '너를 떠나보낸 섬'으로 이해할 수 있는 시구가 발견돼 세인의 주목을 끌고 있다.

화자는 수평선으로 가두어진 화산도가 낮고 길은 섬사람들이 저마다 마음에 품고 있는 섬을 이어도라 상정한다. 섬사람들의 생존방식은 현재의 고단함을 잊고 수평선 너머에 있을지 모를 이어도에 후생을 저당하는 일이다. 뱃일 나간 남정네들이 돌아오지 않을 때 그들은 이어도로 갔다고 한다. 그렇게 생각하는 게 남아 있는 아낙네들의 해원(解寃)이며, 나아가 저들의 살아남기 위한 방식이다. 둘째 수에서 화자가 "제 몸을 벗고서야 섬의 몸을 보았으리"라 진술한 것도 이와 다르지 않다. 육신을 벗어났을 때야 비로소 이어도를 만날 수 있다는 것인데 이어도는 마음속의 섬이며 실체가 없음을 암시한다.

셋째 수에서의 화자는 섬사람들이 마음에 품고 있는 유토피아가 사라지는 아쉬움을 토로한다. 제주도에서 149km 떨어진 곳의 암초가 이어도의 이름으로 불리는 것은 현재 지도상의 이어도일 뿐, 섬사람들의 DNA에 숨겨져 있는 그 섬은 아니다.

시인은 뭍에 거주하면서도 섬살이에 대한 이해와 그들의 팍팍한 생활을 먼저 이해하고 '이어도'의 숨겨진 비의에 공감한다. "이어도는 붉고 푸른 혼, 제주인의 숨"이기 때문이다. (b)

길지 않다

서성자

가령 그럼 이만 그 인사가 미련이라면

'지금이 그때야' 하고 생각난 듯 꽃이 핀다면

아득히 사는 그 일쯤은 버릴 수 있는 후렴이겠다

차바퀴에 겁 없이 앉은 여치 몸을 떼어내자

온 생(生)이 떨치고 간 가느다란 후회 한 줄

늦도록 팔딱거린다

여기 남은 이유처럼

(『서정과 현실』 2014년 하반기호)

제목이 뭔가를 묻고 있다. 뭐가 "길지 않다"는 것일까. 연상 가능한 사물이나 사연 등을 떠올려보면 더 아리송해지며 다양한 상상을 건드린다. '짧다'와도 다른 의미를 만드는 "길지 않다"라는 표현에 여러 사정을 짚어보게 하는 묘한 심상의 중첩이 있다.

그런데 시작도 예사롭지가 않다. "가령 그럼 이만 그 인사가 미련이라면"에서 우리네 인사의 몇을 "미련"으로 간추리는 것이다. "가령" "그럼" "이만"이 다 "미련이라면"이라는 가정에 갸웃거릴 사람도 있겠지만, 신선한 도입이자 시적 전개의 압축적 제시로 매우 효과적인 초장이다. 그래, 그렇다면? 하고 다음을 당겨보게 하는데 "'지금이 그때야' 하고 생각난 듯 꽃이 핀다면" 하고 상황 하나를 이어서 다시 배치한다. 그런데 "아득히 사는 그 일쯤은 버릴 수 있는 후렴이겠다"라니, 앞의 진술을 인정한다 해도 과연 그럴 수 있겠는가? 이런 물음은 시인이 단정적 어사가 아니라 여지를 두며 시상을 펴나가는 데서 오는 일종의 확장도 담아낸다. '지금이 그때야' 그 표현이 초장을 받는 꽃의 말이라면 "아득히 사는 그 일쯤은" 그렇게 "버릴 수 있는" 것이고 더구나 "후렴"일 수 있는가. 쉽게 '동의할 수 없음'으로 인해 촉발되는 의문이나 혼란을 해석의 여지가 많은 모호성으로 볼 수 있겠다.

"차바퀴에 겁 없이 앉은 여치 몸"이 남긴 자국도 "온 생(生)이 떨치고 간 가느다란 후회 한 줄"로 시각화하는 참신한 은유 덕에 다시 빛난다. "늦도록 팔딱거린다"는 초·중장을 받는 감각적인 문장도 조형성의 돋을새김에 기여한다. 그런데 "여기 남은 이유처럼"이라는 마무리는 모호성을 다시 키운다. "미련", "후회", "여기 남은 이유"가 긴밀히 조응하는데 그 주체가 분명치 않기 때문일까. 짐작은 가나 분명치는 않은 모호성의 연장이 오히려 이 시조의 매력이자 여백을 풍부하게 만드는 힘이다. (a)

몸 하나로

서숙희

빗방울 하나가 유리창을 타고 있다

디딤돌도 밧줄도 없이 절벽을 기어서

둥근 몸 다 찢고서야 저 아래 물에 든다

크고 넓은 어딘가에 마침내 이른다는 건

저렇듯 몸 하나로, 다만 몸 하나만으로

절망의 그 맨 아래까지 제 살 헐며 가는 것

(『유심』 2014년 6월호)

비가 그친 후 빗방울이 흘러내리는 유리창을 본 적이 있는가. 오로지 몸 하나만으로 유리창에 흘러내리다가 바닥에 부딪쳐 부서지는 빗방울의 모습은 고독한 인간의 모습으로 다가온다. 우리가 살아간다는 것도 '유리창'처럼 미끄럽고 잡을 곳 없는 절벽을 기어 내려가는 일이다. 빗방울이나 인간이나, 사랑이나 꿈을 위해 "제 살 헐며" 한 세상을 살아가다가 "저 아래 물"로 떨어지는 존재다. 자신의 "둥근 몸 다 찢"는 고난과 시련을 겪어야 하는 빗방울은 하늘에서 떨어진 순간 몸 밖이 허공임을 느끼는, 고독한 존재다. 하이데거의 말마따나 세계에 '내던져진 존재'인 것이다. "디딤돌도 밧줄도 없이 절벽을 기어"가야 하는 우리의 삶이여. 인간의 삶에 대한 근원적인 고독과 슬픔이 이 시에서 읽혀진다.

이 시는 빗방울에 대한 활물론적 은유로 역동적인 상상력이 표출되고 있다. "타고 있다", "기어서", "헐며 가는 것"으로 이어지는 자유로운 정신의 유연성, "빗방울 하나"의 움직임을 통해 인간 실존의 의미를 되새기게 해준다. (c)

거꾸로 읽는 시

빚어 숨 불어넣고 뜨거운 펜 놓았겠지

뒤에서부터 한 행씩 더듬어 올라간다

깊은 산 시의 탯자리 분화구를 찾아서

도착이 출발인 길 정상(頂上)은 원점이다

씨앗 속 꽃잎 같은 휘파람을 물고서

아름찬 벼랑을 날아 발자국을 지운 새

(『시조21』 2014년 봄호)

제목처럼 가끔 시를 거꾸로 읽어보는 것도 재밌을 듯하다. 이 시조는 어떤 경험과 사유의 언어들이 빚어져 시가 탄생되었는지 "시의 탯자리 분화구를 찾아"가는 시 탄생의 여정이다. "아름찬 벼랑을 날아"오른 '새'가 "씨앗 속 꽃잎 같은 휘파람을 물고" 간다. 자유와 역마를 표상하는 '새'의 이미지는 곳곳의 풀과 나무, 사람들이 머무는 곳을 찾아가는 시인과 같다. 그러나 '새'가 날아간 곳은 늘 "도착이 출발인 길"이며 "정상(頂上)은 원점"인 길이다. "깊은 산 시의 탯자리"를 찾아가는 길은 좀처럼 쉽지 않다. 그래서 다시 "시의 탯자리 분화구를 찾아"가기 위해 "뒤에서부터 한 행씩 더듬어 올라"가보기로 한다. 거칠게 걸어온 길에 대한 반성을 통해 시인은 언어를 "빚어 숨 불어넣고 뜨거운 펜 놓았"을 것임을 안다.

전우치가 도술 부리듯 시를 쓰는 것은 그만큼 일상의 풍경을 살아 있는 언어와 생동감 넘치는 가락으로 풀어가는 과정이다. 시인이란 오랜 시간 숙련되고 발효된 삶의 경험으로 인해 그 웅숭깊은 사유를 언어로 잘 빚어낼 수 있기를 꿈꾼다. 공자의 말처럼, "시는 사람에게 감흥을 돋우게 하고 모든 사물을 보게 하며, 대중과 더불어 어울리고 화락하게 하며, 또 은근히 정치를 비판하게 하는 것"이기 때문이다. 이런 시의 경지는 긴 세월 속에서 경험으로 다져진 철학적 깊이와 그간 갈고 닦아온 언어의 깊이가 만날 때 비로소 도달할 수 있다. 독자에게 아무리 쉽게 읽히는 시라도 쉽게 써지는 시는 없다.

"거꾸로 읽는 시"는 결국 "뒤에서부터 한 행씩 더듬어 올라간다"는 시행에서 이미 이 시조를 읽는 방법을 알려주고 있는 듯하다. "거꾸로 읽는 시"처럼 우리의 시간도 거꾸로 흘러갔으면 하는 생각이 든다. 만약 그렇다면 우리도 앞 다투어 살지 않아도 되지 않겠는가. 스콧 피츠제럴드의 단편을 원작으로 한 영화 〈벤자민 버튼의 시간은 거꾸로 간다〉를 잠시 떠올리게 한다. (d)

지천명취업신공

서정택

마른 갈잎 한 장 타고 강을 건넌 달마는
소림 면벽구년에 신공(神功)을 만들었다

그 면벽 세 배 넘게 한
나는 어디 있는가

갈잎 천 장 가지고도 배 한 척을 못 엮어
강 건너 환히 보이는 기슭에 닿지 못한

찢기고 해진 마음을
어느 나루가 받아줄지

마뜩찮은 배를 엮어 겨우 오른 한나절
바람 없는 강가에서 처진 돛을 보는데

내 아이 웃음소리가
장풍처럼 터졌다

(『시조 21』 2014년 가을호)

1997년 IMF를 겪으면서 구조조정과 정리해고의 매서운 칼바람을 가장 뼈저리게 맞은 세대를 '사오정(45세 정년)'이라고 불렀다. 이 작품은 나이 50줄에 재취업을 나서야 하는 가장의 서글픔을 기지와 해학으로 승화시킨 작품이다. 달마(達磨)는 526년 중국에 와서·양 무제와 이야기를 나누다가 마음에 맞지 않아 "마른 갈잎 한 장" 타고 양자강을 건너 위나라의 숭산 소림사로 칩거했는데, 그곳에서 달마는 석벽을 향해 9년 좌선하여 이를 면벽구년(面壁九年)이라고 한단다. 달마가 벽을 보고 앉은 것이 아니라 달마 스스로가 벽이 되어버린 것은 아닐까.

어쨌거나 이 작품은 "그 면벽 세 배 넘게 한/나는 어디 있는가"라는 자문으로부터 시작된다. "강 건너 환히 보이는 기슭"은 가장으로서 책임을 다할 수 있는 안정적인 생활의 기반이라고 볼 때, 신공(神功)에 능한 달마와는 달리 "갈잎 천 장 가지고도 배 한 척을 못 엮"은 화자는 "찢기고 해진 마음"처럼 무기력함을 느낀다. "마뜩찮은 배를 얻어 겨우 오른 한나절"은 나이 50줄에 재취업한 직장이라고 볼 수 있다. 이는 "바람 없는 강가"와 "처진 돛"에서 드러나듯이 볼품없는 보수와 근무여건을 갖춘 곳이다. 그러나 결말 부분의 "내 아이 웃음소리가/장풍처럼 터졌다"는 반전의 미학을 보라. 힘겨운 소시민의 삶을 끌어안아 감싸고 다독이는 것은 바로 가족의 사랑임을 이 작품은 넌지시 일깨워주고 있다. (c)

유령그물*

서정화

그물코에 끼인 채 발버둥치는 물고기
비명 소리 쫓아가 뛰어드는 물고기 떼
겹겹의 유령그물이 비명으로 뒤엉킨다

게딫과 자망에 걸려 붉게 우짖는 바닷새
손을 쓸 새도 없이 쓰레기와 썩어가는
거대한 무덤이 되어 악취 속을 떠다닌다

날카롭게 날을 세운 독기들로 가득한
밑바닥 속속들이 파고드는 폐그물
바다의 아픈 유령이 긴 자락을 끌고 간다

* 유령그물 : 어선에서 버리거나 유실된 어망.

(『나래시조』 2014년 봄호)

어선에서 버리거나 유실된 어망인 유령그물은 바다 오염의 한 주범이다. 어선에서 버리고 가는, 엄청난 양의 그물에 걸려 바다 생물들이 죽어가고 있다. 썩지도 않고 사라지지도 않는 그물, 그 유령에게 살아 있는 것들이 죽어간다. 죽은 망령들이 살아 있는 자들을 죽음의 골짜기로 인도하는 것이 아니고 무엇이겠는가? 유령은 실재하지 않는데 실재하는 것들을 겁주고 못살게 한다. 유령그물은 바닷속에 감춰져 있어 유령처럼 보이지 않는다. '바다'라는 심상은 인간 무의식을 뜻하며, 감춰져 있는 영역인데, 여기 있는 유령그물은 인간의 이기심, 탐욕, 어리석음이 자기 안의 생명을 죽인다는 의미도 된다.

이렇게 바다 오염의 주범은 폐그물을 비롯해 고기잡이에 쓰인 각종 도구나 사람들이 버린 쓰레기들이다. 생각 없이 버린 쓰레기들이 모여 "거대한 무덤"이 되고 생태계는 점점 독기들로 가득 차게 된다. 이 시조는 "겹겹의 유령그물"이 물고기 떼의 비명으로 뒤엉키고 "덫과 자망에 걸려 붉게 우짖는 바다새"의 모습을 통해 인간의 이기심이 낳은 환경오염의 심각성을 날카롭게 꼬집는다.

1997년 미국 해양 연구실에 이상 물고기들이 접수되었는데, 이들 대부분은 가오리와 각종 어류들이었다고 한다. 그 어류들의 몸 안에는 플라스틱 조각들이 있었고, 그중 한 마리의 몸에는 무려 84개의 플라스틱 조각들이 있었다고 한다. 연구자들이 우연한 항해 도중 알게 된 쓰레기 섬은 물고기를

집어 삼키는 "거대한 무덤"이 되는 것이다. "손을 쓸 새도 없이" 쓰레기 섬은
커져만 가고 물고기들이 "악취 속을 떠다"니며, 폐그물에 걸리는 악순환은
반복된다. 이 시는 바다 오염의 주범으로 유령그물 또한 큰 문제가 되고 있
음을 시사하면서 지구가 안고 있는 환경오염의 심각성을 경고한다. (d)

은행나무와 그 그림자 사이에서

선안영

오지 않는 발자국 그 소리를 기다렸던가

우는 천둥 납작납작 눌려 있던 그리움아

숨기어 구불구불해진 설레임아, 환해져라.

알전등을 켜놓은 채 부재중 다녀갔던가

물 한 모금 넘길 수 없던 봄 그늘의 시간들

길 끝에 잎 없는 나를 열어놓고, 열어놓고.

점멸하는 붉은 신호등 횡단보도를 건너

끝끝내 그리우면 당신에게 갈 것이다

위험한 낙화 혹은 낙하의 길어지는 절벽이다

(『서정과 현실』 2014년 하반기호)

암수가 구별되는 은행나무. 서로 마주 보게 심어야 열매가 잘 연다던가. 그래서 은행나무들의 간격이며 모양새를 유심히 살핀 기억이 있다. 어느 정도의 거리에서 마주 볼 때 은행을 휘어지게 매다는 것일까. 어떤 그리움의 거리를 배경으로 그 냄새 나는 은행들을 가을날의 우박처럼 쏟아내는 것일까.

그런 특성의 착안인가. 이 시조의 화자는 "은행나무와 그 그림자 사이에서" 기다림을 잡고 있다. "오지 않는 발자국 그 소리를 기다렸던가"를 보니, 기다림이 사뭇 길었나 보다. 잎 모양의 연상일 법한 "우는 천둥 납작납작 눌려 있던 그리움아"는 그래서 가만히 뇌는 속말을 묵은 주문처럼 펴준다. "숨기어 구불구불해진 설레임아, 환해져라."에서 다시 짚는 시간은 "물 한 모금 넘길 수 없던 봄 그늘의 시간들". 그 시간이 "환해"지기까지 "오지 않는 발자국"을 헤는 동안 별별 발자국이 다 지나갔을 것이다. 결국은 "알전등을 켜놓은 채" 다녀가는 어떤 기척의 힘으로 은행들이 조고만 알전등처럼 빛나게 된다.

그래서 "끝끝내 그리우면 당신에게 갈 것이다"라고 다짐할 때 그리움의 거리는 한층 도드라진다. 아직은 기다림의 자세로 견디지만 시간이 지나도 무화되지 않는 그리움의 거리에서는 은행의 투신이 부러울 수도 있다. 그렇게 은행이 떨어질 때마다 "낙화"이든 "낙하"이든 더욱 "길어지는 절벽"의 시간을 갖게 되니 말이다. 그게 비록 "위험한 낙화 혹은 낙하"일지라도 기다림의 유예 속에서 조금 더 깊어지는 가을만 같다.

이 시조는 다소 분방한 이미지들을 참신한 어법에 힘입어 넘어가고 있다. 새로운 어조도 긴밀한 직조 위에서 빛난다는 것을 새겨보게 한다. 상투를 벗은 어조가 일으키는 발랄한 리듬은 이 시조의 흡인력을 높이며 되읽게 한다. (a)

간월도에서

손영자

누구를 만나자고 찾아온 절이 아닌데
그립다는 생각으로 깊어가는 밤바다.

빈 들에 바람 가듯이
달빛 한 채 떠간다.

손을 놓는 이별이면 이 정도 되어야겠네
잃은 듯 갇혀버린 만조의 간월도,

빈 배가 따로 없어라
허공 만 리 헤매네.

(『한국동서문학』 2014년 가을호)

충남 서산 간월도에는, 이성계의 사부였던 무학대사가 창건한 간월암이라는 절이 있다. 대사가 이곳에서 달을 보고 깨달음을 얻었다는 데서 간월도라는 이름이 유래했다고 한다. 작은 절 하나가 들어가면 다른 공간이 없을 만큼 작은 간월도는 밀물 때면 작은 섬이 되고 썰물 때면 길이 열린다. "누구를 만나자고 찾아온 절이" 아니지만 간월도에 뜬 달, "빈 들에 바람 가듯이/달빛 한 채 떠"가는 모습을 본 시인은 "그립다는 생각으로" 밤바다와 함께 애절한 마음이 깊어간다. 시인은 "잃은 듯 갇혀버린 만조의 간월도"를 보면서 "손을 놓는 이별이면 이 정도 되어야겠네"라고 나직하게 읊조린다.

유한한 인간 존재에게 삶이란 이별의 연속이다. 애절하게 그리워하고 사랑했던 사람과 잡은 손을 놓고 이별해야 할 때는 사무치는 아픔과 회한이 남겠지만, 결국 인간은 자신이 '빈 배'임을 느껴야 하는 존재다. "허공 만 리 헤매"는 '빈 배'는, 그리움으로 아득해진 화자의 정서, 만조에 갇혀서 빈 배처럼 떠가는 화자의 회한, 그리고 만조의 간월도를 형상화한 것이다. 자연물을 통해서 인간의 삶을 읽어내는 이 시는 사랑 시의 가편이라고 할 수 있겠다. (c)

정자리 7

— 아프리카

손영희

수박만 먹고 자라 배가 남산만 하다

한숨만 내쉬던 고열의 비닐하우스

밥그릇 갈아 엎어버린 그 여름이 끓고 있다

옷을 벗자 드러난 화석 같은 갈비뼈 아래

희멀건 눈을 뜨고 바닥에 둘러붙어

목숨 줄 겨우 잡고 있는 꼭 그만한 머리통들

(『시조21』 2014년 겨울호)

정자리에 웬 아프리카?

이런 의문부터 불러일으킨다는 점에서 제목은 효과적이다. 하지만 구체적 지명과 달리 두 지역의 연관성이나 인접성을 잡기에는 너무 먼 느낌이다. 한국의 여느 시골 마을 이름에서 "아프리카"를 연상하기란 정말 쉽지 않기 때문이다. 하지만 끌린다, 이 제목. 뭐가 있을지 기웃거리게 만드는 것이다.

하고 보니 연결고리가 "수박"이다. 그것도 "남산만" 한 "배"와의 유사성인데 "비닐하우스"도 그와 엇비슷하다. 더욱이 "한숨만 내쉬던 고열의 비닐하우스"니 "아프리카"의 혹독한 더위며 기아 같은 사정과 닿는 게 많다. 그렇게 읽으며 독자도 숨이 차오르는 느낌인데, 고통스러운 호흡이 강도 높게 이어진다. "밥그릇 갈아 엎어버린 그 여름이 끓고 있다"는 것. 오죽하면 식구들의 "밥그릇"을 "갈아 엎어버"리고 말까만, "밥그릇" 모양이나 "밥"의 지엄함이 "남산만" 한 "배"와 두루 연결되는 특성을 지닌다.

이 난감한 지경은 "고열의 비닐하우스"에서 견디다 터져버린 이 땅의 농사라는 악몽이다. "수박만 먹고 자라"다 망한 "비닐하우스"는 "화석 같은 갈비뼈 아래" "희멀건 눈을 뜨고 바닥에 둘러붙어" 있는 형국이다. 그것은 똑 아프리카의 표정. 뉴스나 다큐멘터리 사진으로 많이 팔아온 지구상 최악의 삶과 다를 바 없다. 더 구체적으로 보면 "갈아 엎어버린" "비닐하우스" 자리에 "목숨 줄 겨우 잡고 있는 꼭 그만한 머리통들"만 나뒹굴고 있으니 "아프리카"에 비유할 참담한 지경으로 본 것이다.

그래서 "정자리"는 "아프리카"다. 정자리뿐이랴, "머리통"과 "배"만 동그 랗게 "수박"처럼 널브러져 있는 곳들은 다 배고픈 "아프리카"다. 지구의 몰 염치처럼, 우리 농정(農政)의 수치처럼-. ⓐ

가을 윤달

신필영

내 맘 어디 두고 하늘빛만 푸르냐고
그대, 왜 늦느냐고 채근일랑 하지 말자

울고 말 울음이라면
아껴가며 울어보자

넌짓 수신호로 보내주는 우선멈춤
주저앉고 싶은 속을 흰 구름이 짚어주네

구월에 구월이 업힌 채
뒤뜰 가득 들어서네

(『열린시학』 2014년 겨울호)

지난해에는 가을인데도 결혼식이 뜸하였다. 바로 "구월에 구월이 업"힌 윤달 때문이었다. 지난 2014년 음력 9월이 윤달이었다. 9월 24일부터 10월 23일까지가 일반적인 음력 9월, 10월 24일부터 11월 21일까지가 윤9월이었다. 윤달의 '윤(閏)'에는 한자로 잉여, 쓰고 남은 것, 우선 멈춘다, 우선 쉰다는 의미가 담겨 있다. 그래서 윤달을 남은 달, 잉여의 달이라고 한다. 우리가 잘 알듯이 윤달이 생기는 이유는 음력이 달이 차고 기우는 삭망 주기를 한 달로 하기 때문이다.

옛 사람들은 윤달에 하느님도 쉬고 옥황상제도 쉰다고 믿었다. 그래서 하늘의 눈치를 보지 않아도 된다고 생각하기도 했다. 귀신들도 활동을 하지 않기 때문에 조상들의 은덕을 보지 못한다는 이야기도 있다. 한편 윤달에는 날짜를 따라다니며 사람의 일을 방해하는 귀신도 모두 하늘에 올라간다고 여겨 송장을 거꾸로 세워도 탈이 없을 만큼 복을 받은 달이라고 한다.

하지만 오늘날은 갈수록 개인의 삶이 중요하게 여겨지면서 몇 년 만에 한 번 찾아오는 날을 기념일로 하지 않으려 한다. 그런 연유로 결혼식과 같은 행사를 윤달에 치르는 것을 기피하는 경향이 있다. 이 시조에서는 윤달의 여유를 통해 "왜 늦느냐고 채근일랑 하지 말"고 천천히 가자고 하며 성급한 우리의 모습을 꼬집는다. 즉, 윤달은 실속도 채우기 어려우니 여유롭게 가자는 이야기다. 어차피 "울고 말 울음이라면/아껴가며 울어보자"는 것이다. "수신호로 보내주는 우선멈춤"의 순간, "주저앉고 싶은 속을 흰 구름이 짚어"준다. 멈춰 서면 보이는 것들이 있지 않은가. 윤달이라는 여유 속에서 잠시 자신과 주변을 돌아보며 천천히 쉬어가는 것은 어떨까. "구월에 구월이 업힌 채/뒤뜰 가득 들어서"는 윤달이 서서히 마음속에 차오른다. (d)

병(瓶)

염창권

목 주변에 가위눌린 잇자국이 선명하다
비명은 이곳에서 시작됐던 것이다
따개로 뚜껑을 뗄 때,
미약하게 들리던

그 소리는 질식할 듯 병에 갇혀 있었다
여자가 목울대를 조심스레 눌렀을 때
소리는 병 속에 들어가 담겨졌던 것이다

몸 접힐 때 바람이 새나가는 쉰 소리였다
물구나무선 채로 절벽을 기어올라
주름을 쏟아붓는다,
늪을 향해
주르륵……

(『시조시학』 2014년 여름호)

병에서 보는 잇자국? 이빨로 병뚜껑을 따던 시절의 환기일까? 하지만 "목 주변에 가위눌린 잇자국이 선명하다"니, 병의 "목 주변"에 대한 집중적인 투시 끝에 나온 놀라운 발견이다.

아무튼 "비명은 이곳에서 시작됐던 것이다"! 늘 그렇듯 "따개로 뚜껑을 뗄 때," 그 순간에 새어나왔다니 명료한 추리 끝의 결론 같다. 그것도 "미약하게 들리던" 소리라면 지나칠 소지가 크건만, 화자는 "그 소리"에서 "질식할 듯 갇혀 있었"던 무엇인가를 읽어낸다. 여기서 공포와 인내와 고통의 압축이며 그 시간들의 질소화 같은 게 나타난다. 그런데 그것도 "여자가 목울대를 조심스레 눌렀을 때" 그 "병 속에 들어가 담겨졌던 것이다"라니, 읽을수록 범상치 않은 이미지와 상상력의 확대다.

그런데 왜 "여자"일까? 코카콜라 병이 여체의 형상화라는 속설(실은 브리태니커의 코코넛 그림을 본떠 그린 것)을 감안해도 그와는 거리가 멀다. 목적어 앞의 생략을 '병'으로 보면 "여자가 (병의) 목울대를 눌렀을 때"지만 문맥상 '자신'이 더 타당한 추측 같다. '자신'의 생략은 문맥에 지장을 주지 않기 때문이다. "몸 접힐 때 바람이 새나가는 쉰 소리였다/물구나무선 채로 절벽을 기어올라"는 분명 투신의 고통스러운 재현이다. 특히 "주름을 쏟아 붓는다,/늪을 향해/주르륵……" 이 섬뜩한 제시에서는 "주름" 많은 여자의 자살을 떠올리지 않을 수가 없다.

그렇다면 "병"은 죽음의 한 표상인가. 그래서 병뚜껑을 "뗄 때"의 작은 폭발 같은 순간에 자살을 새겨 넣은 것인가. 그로테스크 미학처럼 조금 난해하고 섬뜩하지만, '뻔한' 시조들을 넘어서는 낯섦의 선도가 시적 긴장을 타며 독자의 감각을 팽팽하게 당긴다. (a)

삐쭉새

삐쭉삐쭉 삐쭉새
삐쭉삐쭉 삐이쭉
거저 온 세상이면 그냥 저냥 살다 가지
허름한 세월의 한 칸
문패는 왜 거느냐고?

확 그냥 돌팔매를 날릴까 하다가도
저마저 안 그러면 누가 감히 비꼬랴
씨이발, 허공에 대고
나도 한번 삐이쭉

녹원(綠源)선생 둘러보고
'오목이석재(五木二石齋)'라 하네
그 뜻 더 묻지 않고 민머리못 꽝꽝 치네
주인이
바뀌든 말든
꽃 게우는 하귤나무

30여 년 몸담았던 일자리를 내려놓고 이제 시업(詩業)을 시작했다. 흔한 말로 전업 작가의 길에 들어선 것이다. 생래적인 시인에게 굳이 작업 공간이 필요할까 싶지만 농가 하나 얻고 문패를 다는 날이다.

삐쭉새는 박새나 제주섬에 흔한 직박구리 정도로 보이는데 시인은 삐쭉새로 명명했다. 기실 자기 집에 문패 다는 날은 누가 찾아오든 반갑지 않을까? 하지만 '삐쭉'이라는 시어가 보여주듯 시인의 마음은 그리 편하지 않다. 삐쭉새의 이름을 빌려 "거저 온 세상이면 그냥 저냥 살다 가지", "허름한 세월의 한 칸/문패는 왜 거느냐고?" 빈정거리는 듯한 진술은 이제껏 살아온 자신에 대한 질책이다. 둘째 수에서 그 마음을 여실히 보여준다. 새의 잘못이 아니다. 시인이 하고픈 말이다. "씨이발, 허공에 대고" 시인은 삐쭉거린다. 이때 허공이란 시인이 살아온 물리적 공간이거나 인간관계일 성싶다. 셋째 수에서 보여주듯 당호(堂號)를 지어준 분은 녹원(綠源)선생이다. '나무 댓 그루, 돌 두어 개'의 뜻을 가진 '五木二石齋'를 현판으로 내거는데 주인이 바뀌건 말건 꽃만 피워대는 하귤나무가 더 섭섭하다.

시조 「삐쭉새」는 입체성을 띤다. 평면구도를 벗어나 울퉁불퉁하고 이미지가 두루 섞이고, 하늘과 땅이 섞이고 직설과 은유가 뒤섞이고, 민머리못 박는 소리가 '꽝꽝' 울린다. 피카소의 그림을 보듯 어느 한 부분이 강조되기도 하고 지워지기도 한다. 그러면서 전하고 싶은 이야기를 슬쩍 보여주는 묘미를 함의한다. (b)

암각화 고래를 찾아서

오종문

억만 년도 가뭇없이 흘려보낸 저 반구대
몇 굽이 물꼬 트는 소리 죽인 강물 따라
어슬녘 물색을 보는
이 한때가 참 좋다

어떤 말 전하려고 암각화를 남긴 걸까
생멸을 반복하는 시간 깨운 잡목 숲에
처연히 쏟아낸 주술 바람소리 달고 있다
아뜩한 절벽 앞에 겸손해진 돌밭 마음
얼음 밑 물은 벌써 봄 이야기 전하는데
앞서 간 선사인들은 다 어디로 떠났을까

동해나 더 아득한 사해(四海) 바다 그 어디쯤
배회하는 고래 떼가 새끼 몰고 회귀한 날
그 혈거 황홀한 축제
하늘에 가 닿으리라

(『한국동서문학』 2014년 가을호)

시인은, 울산 울주군 언양읍 대곡천 중류 암벽에 그려진 반구대 암각화 속 고래를 보고 있다. 반구대 암각화는 신석기 시대에서 청동기 시대 전후에 그려진 것으로 추정된다고 한다. 선사시대에 "배회하는 고래 떼가 새끼 몰고 회귀한 날"을 기다리며 바위 위에 새겼을 고래 그림, "생멸을 반복하는 시간 깨운 잡목 숲"을 떠올리는 시인의 상상력은, '주술'을 '바람소리'라는 원시적 생명력과 융화함으로써 독자를 선사시대로 이끌고 있다. 시인은 반구대 아래에서 "아뜩한 절벽 앞에 겸손해진 돌밭 마음"도 보고, 선사인들이 돌에 쪼아 새기던 꿈들도 보고 듣는다.

이처럼 오종문 시인이 형상화하는 자연은 박제된 자연이 아니라 자율적 동력에 의해 움직이는, 데카르트식으로 말하자면 이신론적 자연이다. 오종문 시인은 자연에 자율적인 호흡과 맥박을 부여한다. 이는 자연과 괴리된 채 살아가는 현대인의 삶에 대한 염오에서 비롯된 것으로 볼 수 있다. 끊임없이 욕망을 확대 재생산하는 자본주의적 도시의 삶에 대한 시인의 부정적 인식이 선사시대를 그리워하는 모습으로 나타난다고 볼 수 있다. 따라서 "그 혈거 황홀한 축제/하늘에 가 닿으리라"는 독자들에게 선사시대 고래 울음소리를 듣게 해주는 '영원히 현재인 시간'이 되는 것이다. (c)

손님별

사람이 온다는 건 설레는 일입니다
기대를 등에 업고
마중하는 앳된 먹 밤
이, 아침 마음을 좇아 은수저를 닦습니다

지난밤 내린 비로 풀잎도 보석입니다
오늘을 기다렸어
양초에 불을 켜고
새하얀 순도 100% 식탁보를 꺼냅니다

오븐을 예열하는
창 너머 어스름 녘
열과 성을 듬뿍 넣어 저녁을 익힙니다
가슴에 꽃이 피도록 새 밥 지어 올립니다

포근히 안기는 제목들이 있다. 내용이 짐작되는 제목이건
만, 그럼에도 신선한 만남을 주는 작품이 간간이 있다. 손님맞이 설렘과 정
성을 과잉 없이 앉힌 이 시조도 그런 예로 꼽을 수 있겠다.

'손님별'은 1054년 중국에서 대낮에도 밝은 별 하나를 관측하다 기록했
다는 '객성(客星)'의 우리말 이름이기도 하다. 그 후 게딱지 모양의 성운만
보여 별의 폭발에 따른 잔해로 쳤다는 게 과학적 사실이다. 그 이름의 도입
인지는 확실치 않으나 "손님별"은 보기만 해도 아름다운 조어(造語)다. 반가
움의 의미를 가리고 봐도 "손님"에 "별"을 붙여 부르는 마음은 얼마나 따듯
한가.

"사람이 온다는 건 설레는 일입니다" 시작도 편안하다. "마중하는 앳된
먼 밤"은 "은수저를 닦습니다"에 와서 설렘의 선도를 높인다. "지난밤 내린
비로 풀잎도 보석입니다"라는 표현도 아침을 맞는(또는 새로운 손님을 맞
는) 마음의 반짝임이 있어 가구(佳句)로 거듭난다. 사실 빗방울 맺힌 풀잎을
보석으로 읽는 것은 동시적 표현이라 할 만큼 상투에 가까운 표현이다. 하지
만 "손님별"과 잘 어울리는 이미지의 긴밀성이 전체 문맥의 선도를 돋운다.
"양초에 불을 켜고"나 "새하얀 순도 100% 식탁보를 꺼"내는 것은 서양식 손
님맞이로 이국 취향 같지만, 집에서의 손님맞이가 적어진 이즈음의 우리에
게도 귀한 장면이라 새로운 맛을 낸다.

그런데 "오븐을 예열하는/창 너머 어스름 녘"에 "가슴에 꽃이 피도록 새

밥 지어 올"린다는 마무리는 "손님별"이 사람만은 아님을 암시한다. 혹시 별 마중? 아니면 시 마중? 그보다 귀한 임 마중? 다양한 상상 속에 손님별을 맞는 마음으로 혹은 손님으로 앉아도 좋을 시조다. (a)

소돌항

주문진 소돌항에서 어둠을 만진다
아니, 내가 만진 건 감춰진 불안이었다
마음을 동여맨 자리 벌겋게 부푼다

식은 울음 삼켜버린 바다의 기침 소리
배경이 되어버린 시인의 눈빛 속에
내 시린 무릎의 한쪽 보일 수 있어 다행이다

나를 지나 또 다른 웅크린 나를 지나
기억의 자국마다 두려움 남았지만
소돌은 그 흔적 거둬 연한 파도로 바꾼다

(『시산맥』 2014년 가을호)

공무도하(公無渡河) 「님아 그 강을 건너지 마오」, 옛 조선의 시가 영화로 되어 관람객이 500만을 넘겼다는 소식을 듣는다. '별리(別離)'에 생각이 머문다. 우리네 정서에는 이별의 공간은 강이나 바다라는 인식이 깊게 자리하고 있다. 의도하지 않더라도 산에서의 이별은 왠지 시시하다. 강이나 바닷가에서의 이별은 오래도록 그리워하며 눈시울을 적신다. 물의 성분이 그러하지 않은가.

화자는 별리를 맛보았던 소돌항에 갔다. 오래도록 감추어두었던 아픔, 그게 언제 튀어나올지 모른다는 불안감, 이러한 것들은 어둠 속에서 더 잘 작동한다. 참았던 울음보가 마침내 터지지만 파도 소리에 묻힌다. 오히려 자신이 놀라 헛기침을 한다. 시선은 밤바다에 가 있지만 거기에는 시인, 아니 이별한 임만이 있다. 절뚝이는 자신의 삶을 알아주어 다행이다.

그래라, 실컷 울어라! 임이 들어준다. 인생의 마디마디에 놓였던, 깨지고 분열되었던 자아의 아픈 기억까지.

독자여! 소돌항 대신 아무 항구나 놓아보시라, 내 이야기가 되지 않는가! (b)

나무 성자(聖者)

유재영

마을 앞 서로 굽고 동으로 뻗은 가지
굳은살에 검버섯도 드문드문 피는 육신
나이도 이쯤이 되면 넉넉한 그늘 한 채

부러진 가지 줍고 마른 잎 물어 오고
염주를 굴리듯이 가슴으로 품어 키운
내일은 수리 새끼들 분가하는 날이다

소쩍새 밤이 깊자 등이 휘는 북극성
하늘도 내려놓고 잠시 눈을 감는 사이
가지 끝 오목한 달이 꽃등으로 와 걸리네

(『정형시학』 2014년 상반기호)

나무는 지상에 뿌리를 박고 하늘을 향해 직립한 생명체로 많은 시에서 인간 존재를 표상해왔다. 박목월 시인이 들판에 우두커니 서 있는 늙은 나무를 수도승으로 보았던 것(박목월, 「나무」)처럼, 유재영 시인은 마을 앞에 서서 "서로 굽고 동으로 뻗은 가지"를 늘인 채 마을을 지켜주는 몇백 년 묵은 고목을 '나무 성자(聖者)'로 인식하고 있다. "굳은살에 검버섯도 드문드문 피는 육신"이지만, "나이도 이쯤이 되면 넉넉한 그늘 한 채"를 더위에 지친 사람들에게 드리워주는 것으로 여느 마을에나 한 그루씩은 있을 법한 나무다. 이 고목은 수리 새끼들까지 "염주를 굴리듯이 가슴으로 품어 키"우면서 안아주는 존재이며, "가지 끝 오목한 달이 꽃등으로 와 걸리"는, 고독과 운치를 아는 나무다.

말하자면 나무는 한 마을의 삶, 그 총체적인 삶의 역사와 속성을 담고 서 있는 자연물로 기능한다. 과거에서 현재를 잇는 시간의 고리는 시각(검버섯), 촉각(굳은살), 청각적(소쩍새) 이미지를 통해 구체화된다. 실제로 눈앞에 한 그루 나무를 보고 있는 듯 감촉이 생생하다. (c)

머루포도 어머니

머루포도 속살 속에 비비새*가 숨어든다.

숨어든 속살 쪼아대는 어머니 때 이른 가을

검붉은 포도알 아닌

쭉은* 젖을 내민다.

* 비비새 : 붉은머리오목눈이.
* 쭉은 : '밭은' 혹은 '쭈그러진'의 전라도 탯말.

'어머니'라는 말을 떠올리면 가슴 저 깊은 곳에서 파도자락 같은 짜디짠 슬픔이 밀려온다. 여자는 '엄마'가 되었을 때 비로소 자기 엄마의 삶을 공감하게 된다고 하는데, 아낌없이 내주고 싶은 어머니의 마음은 언제나 따라가기 어렵다. 세상에서 유일하게 자신을 내맡길 수 있는 곳은 바로 아늑한 어머니의 그늘이다. 그에게 어머니의 그늘은 오래도록 머물고 싶은 곳이며, 늘 심장 뛰게 설레는 곳이다. 어머니의 그늘에서는 늘 푸른 바람이 불고 새들이 지저귄다.

모성적이고 근원적인 자연 사물의 질서가 이 시조에는 존재한다. 어머니에 비유되고 있는 '머루포도' 속살 속에 붉은머리오목눈이가 숨어들어 속살을 쪼아대는데 이때 '머루포도'는 "검붉은 포도알" 대신에 "쭉은 젖"을 내민다. 이런 모성의 은유야말로 가장 근원적인 자연 질서를 향하는 시인의 상상력이 아니겠는가.

"쭉은 젖"을 내민다는 건 더 이상 줄 것이 없는데도 내어준다는 의미다. 아낌없이 주는 나무가 자기 밑동까지 모두 내주는 것처럼, 어머니는 늘 사랑을 주는 존재다. 풍요로움을 표상하는 '포도'의 상징 속에서 어머니의 사랑을 올곧이 담고 있는 시조다. 우주만물의 원리와 자연 속에 깃들어 있는 충만한 생명력을 소소한 경험과 일상적 사물에서 발견하려는 시적 인식이 그의 시의 토대를 세운다. 최대한 말을 버리고, 사물의 본질을 수없이 매만지는 과정 속에서 걸러지고 다듬어진 시들은 그가 걸어온 삶의 기록이면서, 앞으로 가야 할 길에 대한 암시일 것이다. 우리는 어머니의 삶 속에서 "내 안에 나를 찾"고자 한다. (d)

구름의 저녁
— 모란꽃에게

이교상

가슴과 무릎 사이 얼굴 깊이 파묻고
붉도록, 애인이여 그대를 삼키고 싶다
무성한 바람의 터럭
한 올씩 핥은 뒤에

낮출 만큼 몸 낮춰 행간을 떠올리며
울면서 날아가는 새들도 불러 모아
비탈진 그 마음의 허공
단숨에 지우고 싶다

손 없는 맑은 날엔 남으로 흘러가서
날마다 뭉게뭉게 그대 허리 잡아먹고
뜨겁게 내 몸 되감아
붉은, 아이를 낳고

(『서정과 현실』 2014년 하반기호)

하늘 한구석에 노을이 빨갛게 지는 저녁 무렵, 구름 사이로 저녁 햇살이 비추면 구름들이 노을의 빨간빛을 받아 타오르는 것 같은 장관을 본 적이 있다. 이 저녁 구름들이 뭉게뭉게 피어나는 모습에서 시인은 모란꽃이 피어 오르는 모습을 연상하며 일체화를 시도한다. 구름은 유형과 무형의 중간세계에 해당하는 몸인데, 이 시에서는 "가슴과 무릎 사이 얼굴 깊이 파묻고/붉도록, 애인이여 그대를 삼키고 싶다"에서 보듯이 관능적인 몸을 지닌 존재로 형상화된다. 인생의 황혼기라고 할 수도 있는 저녁 무렵엔 "울면서 날아가는 새들도 불러 모아" 따스하게 불 지핀 추억으로 "비탈진 그 마음의 허공/단숨에 지우고 싶다"고 노래하는 화자에게 저녁 구름은 피어나는 모란꽃이며 모란은 슬픈 연인 같은 존재다.

"파묻고", "삼키고", "잡아먹고"와 같은 파괴적 시어들, 그리고 "핥은 뒤에", "되감아", "낳고"와 같은 생성적 시어들 속에는 관능적인 욕망이 잠재되어 있다. 이 욕망은 타인과의 교섭, 또는 새로운 몸을 만나기 위한 사랑의 방식이다. 이는 구름이라는 몸이 파편화되거나 부서진 채로 존재하며 자기의 형태를 허물려는 욕망과 함께 새로운 몸을 생성하려는 이율배반적인 욕망도 있기 때문이다. 그러나 이 욕망은 마치 서글픈 꿈에서 깬 아침처럼 애처로운 것이니, 애인이여, 아니, 웃고 싶지 않은 구름의 저녁이여, 아니, 너, 모란꽃이여. (c)

유품

이달균

유품은 더 이상 죽은 자의 것이 아니다
길바닥에 버려진 흙 묻은 개의 주검처럼
한 켤레 낡은 구두로 생애를 정의한다

떠도는 말씀은 여우비에 씻겨가리라
아무도 마지막 종을 울리지 않았지만
여운이 사라지기도 전 싸늘히 잊혀진다

하지만 깊은 밤 촉 낮은 불을 밝히고
가슴으로 써내려간 한 권의 일기장
이보다 품격을 더한 유품이 어디 있으랴

남긴 것도 뿌린 것도 초라한 이름이지만
그는 청천 하늘의 뇌성벽력을 가졌고
애잔한 파도 소리도 함께 가진 사람이었다

(『시조시학』 2014년 겨울호)

고인의 유품을 보면 그의 한 생애를 반추해볼 수 있다. 대통령의 지팡이, 스님의 누더기 가사, 선장의 파이프, 서예가의 붓과 벼루, 작가의 만년필 등에는 고인의 생전의 성정이나 취미가 고스란히 담겨져 있다.

시조 「유품」에서 화자는 유품의 품격을 이야기한다. 남긴다고 다 유품이 되는 것은 아니다. 가령 '낡은 구두'로 대별되는 유품은 고인의 전 생애의 상징성을 부여받지 못하며, 마치 "흙 묻은 개의 주검" 같은, 그래서 여우비에도 씻기고, 종국엔 "싸늘히 잊혀"지는 유품 정도로 인식된다. 하여 유품이라 해도 그 품격이 낮을 수밖에 없다.

반면 "한 권의 일기장"을 보라. "가슴으로 써내려간" 그런 일기장, 비록 초라한 이름이지만 독자는 그 속에서 '뇌성벽력'이나 '파도 소리'를 들으며 고인의 생애를 반추하게 된다. 제2차 세계대전 중에 유대인 소녀가 쓴 『안네의 일기』나 이순신 장군의 『난중일기(亂中日記)』가 그렇지 않은가.

시인아, 유품으로 무엇을 준비하시는가. 깊은 밤 촉 낮은 불을 밝히고 일기를 쓰시는가, 애잔한 시를 쓰시는가. (b)

그릇

할머니는 나에게 그릇 하나 내주셨다

주름지고 거친 숨결 고스란히 새겨진,

이 빠진 그릇 속에서 나는 점점 커갔다

금 간 시간 틈새로 거세지는 겨울바람

그 추운 방 안에서 호호 불며 쓰던 일기

매일 밤 나를 지우며 또 나를 적었다

내 안에 그릇 하나 덩그러니 놓여 있다

두 손 모은 꿈들이 둥글게 휘감기는

바닥은 덜어낼수록 깊어지고 있었다

(『불교문예』 2014년 여름호)

그릇은 함의나 여지가 넓은 대상이다. 추억이나 생활이나 사람이나 무수히 많은 연상이 달려 나오기 때문이다. 일상에서도 사람의 품이나 됨됨이는 물론 삶의 근간인 '밥' 등을 그릇에 빗대는 등의 활용을 해왔으니 무척 다양한 상상을 환기한다.

그런 대상일수록 특별한 한 방이 필요하다. 여기서 화자는 할머니의 유품 같은 그릇을 내세워 자신의 삶을 이루어온 줄기로 잡는다. 단순한 그릇의 용도에만 머물지 않는 삶이라는 큰 그릇으로의 심화를 예비하는 것이다. "주름 지고 거친 숨결 고스란히 새겨진,/이 빠진 그릇"은 이를 뒷받침해주는 구체적 물증이다. 할머니와 그릇에 대한 묘사 속에 역할을 중첩함으로써 그것을 유언처럼 확장할 품을 마련하는 것이겠다. "그 속에서 나는 점점 커갔다"는 대목은 그게 자신의 삶을 다듬는 길이었음을 보여준다.

여자로 이어지는 내훈 같은 그릇은 "일기"로 다시 한 번 역할의 확대를 이룬다. 경건한 의식을 치르듯 "매일 밤 나를 지우며 또 나를 적었다"는 일기를 통해 그릇으로서의 의미와 품을 넓히는 것이다. 여기서 할머니의 유품으로 추측해볼 만한 어떤 특별한 그릇(은그릇이나 놋그릇 혹은 祭器 같은)을 책상에 놓고 일기를 쓰는 화자를 그려보는 것도 즐거운 감상이겠다. 그것은 "두 손 모은 꿈들이 둥글게 휘감기는" 그릇 본연의 역할과 의미를 되새기며 자신을 돌아보는 성찰의 시간이기도 하다.

"그릇"은 한 존재로서의 삶을 그릇으로 표상하며 완성을 향하는 성숙을 일깨운다. 이러한 과정을 거치면서 "바닥은 덜어낼수록 깊어지고 있었다"
는 특유의 역설에 이를 수 있었으리라. 한 인간으로서의 품과 시인으로서의
쓰기라는 그릇의 크기 또한 그런 바닥에서 길어내는 정신성의 깊이와 높이
겠다. (a)

조천(朝天) 바다

이승은

이른 봄볕 촘촘하게 내려앉은 돌담 아래
섬동백 꽃송이가 멈칫 웃다 떨어진다
아침이 손님으로 와 하늘을 받쳐 든 곳

숨겨둔 푸른 날을 얼마나 뱉었기에
먼 바다 오지랖이 쪽빛 멍 자국인가
물거품 속내로구나, 빈말이 된 약속들

청보리 바람결에 물빛 더욱 짙은 바다
그 모든 푸름에는 눈물 맛이 배어 있다
바람도 그런 바람을 조천(朝天)에 와서 본다

(『서정과현실』 2014년 상반기호)

조천(朝天)은 제주에 있는 바닷가다. 시인은 이른 봄 제주도 조천에 들러 돌담길을 걸으며 이 시조를 지었으리라. 제주에는 돌이 많아 돌로 담을 쌓는다. 쌓은 지 오래되어 내려앉은 돌담 아래 섬동백 꽃송이가 떨어진다. 시인의 눈길은 "아침이 손님으로 와 하늘을 받쳐 든 곳" 돌담 아래로 가 닿는다.

돌담을 지나 시인은 어느덧 '바다'로 간다. "청보리 바람결에 물빛 더욱 깊은 바다"에는 누군가 "숨겨둔 푸른 날"이 출렁이는 것 같다. 바다가 "오지랖"과 "쪽빛 멍 자국"으로 비유되는 것은 그만큼 "숨겨둔 푸른 날"이 많았음을 의미한다. "숨겨둔 푸른 날"은 바다의 "오지랖과 쪽빛 멍 자국"이 만연한 화자의 속내이리라. 화자의 속내에 숨겨둔 것이 무엇인지는 알 수 없으나, "물거품"과 "빈말이 된 약속"에서 짐작해본다면, 아마도 그는 무언가 고통의 시간을 보냈으리라는 생각이 든다. 쪽빛 바다에 멍이 들었다는 상상은 분명 지난밤에 시련과 고통을 겪었다는 이야기다. "빈말이 된 약속들은" 지켜지지 못한 약속들이다. "그 모든 푸름"에 "눈물 맛이 배어 있다"고 한 것은 그만큼 내면의 쓰라린 고통이 핥고 갔다는 것을 의미한다.

그럼에도 바다가 여전히 푸르고 깊은 것은 푸름에 대조되는 지난날의 시간이 더욱 쓰라리고 고통스러웠음을 보여주기 위한 효과가 아닐까. 청보리 밭에 비유되는 바다는 바람에 푸르게 흔들리고 "바람도 그런 바람을 조천(朝天)에 와서" 만난다. 이러한 푸름에 "눈물 맛이 배어 있다"고 느낄 만큼 화자의 "눈물 맛"이 진하게 담겨 있다. (d)

맑은 봄날

이우걸

비가 그치자 나무들 표정이 밝다

물관부는 가볍게 수액을 밀어올리고

꽃들은 잎 먼저 나와

바람에 하늘거린다

벌들이 다투어 꽃가루를 옮기듯이

언제나 자연은 안 보이는 싸움이지만

오늘은 냇물 흐르듯

천지가 화평하다

(『불교문예』 2014년 여름호)

'봄비'는 희망, 재생, 생명력을 환기한다. 시인은 봄비가 갠 날의 화평한 자연을 형상화하면서 이를 통해 인간적 삶이 지향해야 할 바를 넌지시 이야기하고 있다. 봄비가 갠 날은, 고려 때 정지상이 '비 갠 긴 강둑엔 풀빛이 푸르고(雨歇長堤草色多)'라고 했듯이 모든 사물이 깨끗하게 보이고 풀빛이나 꽃잎의 색들도 더 선연하고 짙게 보이는 순간이다. 시인은 비가 그친 자연의 속성을 통해 맑은 봄날의 한 순간을 포착하고 있다.

'밝다', '밀어올리고', '하늘거린다', '옮기듯이', '흐르듯', '화평하다' 등 밝고 환한 이미지의 시어를 통해 겨우내 꽁꽁 얼어 있던 생명체들이 눈 뜨면서 서로 화합하는 모습을 형상화한다. "천지가 화평"해지는 순간을 예리하게 포착하는 시인의 눈길은, 각박하게 살아가는 우리의 일상을 성찰하게 한다. 자연물의 속성을 통해 우리 삶의 돌아보게 하는 이우걸 시인 특유의 사유와 언어 감각은 서로 대립되는 것들을 둥글게 감싸 안고 품어가는 시인의 마음을 연상케 한다. 적막 속에서 꿈틀대는 나무와 꽃의 작은 움직임을 발견하는 이 작품에서 정중동(靜中動)의 미학을 읽을 수 있다. 자연 속에 깃든 순수한 정신과 생명력, 서로 공존하며 화평을 꿈꾸는 이 "맑은 봄날"은 그래서 아름답다. (c)

스프링클러 주변

이정환

사방으로 물줄기가
골고루 퍼져나가

젖을 만큼 젖어서
호흡이 가쁜 풀밭

그러나
마르고 있는 곳
바로 그 밑에 있다

등불 아래가 몹시
어두운 것처럼

끝내 젖지 못하는
스프링클러 주변

그곳을
놓치지 않는 것
그것이 사랑이다

(『유심』 2014년 1월호)

'등하불명(燈下不明)'이란 등잔 밑이 어둡다는 이야기다. 세상에서 가장 가까이 있는 사람이 도리어 그 대상에 대하여 잘 알기 어렵다는 속담을 떠올리게 하는 시조다. 우리는 가장 가까운 사람의 속내를 잘 알기가 어렵다. 왜냐하면 너무 가까이 있는 사람들을 신경 써서 제대로 살펴보는 경우가 드물기 때문이다.

스프링클러는 물을 멀리는 보내는 대신 가까운 곳은 잘 적시지 못한다. 바로 "마르고 있는 곳/바로 그 밑"에는 부옇게 물안개만 끼게 된다. 정작 스프링클러 아래에는 땅이 잘 젖지 않는다. 사람을 사랑하는 일과 관계 맺는 일도 이와 마찬가지다. 사랑은 가장 가까이에서 관심을 갖고 돌봐주고 아끼는 태도에서 비롯된다. 스프링클러를 통해 이 시조가 건네고 있는 이야기는 결국 자기 자신부터 사랑해야 한다는 것이다. 자기 자신을 사랑해야 타인을 사랑할 수 있기 때문이다. 가장 가까운 곳, 그곳은 바로 자기 자신이 있는 자리다. "그곳을/놓치지 않는 것"이야말로 자기를 사랑하는 걸 놓치지 않는 것이다.

"등불 아래가 몹시" 어둡다는 것, "끝내 젖지 못하는" 곳이 바로 "스프링클러 주변"이라는 것을 놓치지 않을 때, 우리는 더 골고루 사랑을 나눠줄 수 있다. "내 이웃을 내 몸같이 사랑하라"는 말처럼, 모든 관심과 사랑은 바로 자기 자신에게서 비롯된다고 인식하는 순간 우리는 더욱 행복해질 수 있을 것이다. (d)

깨가 쏟아지게 살게

이종문

익어간다는 것은 매 맞을 날 온다는 것
익기가 겁이 나네, 매 맞기가 무섭다네
하지만 매를 맞아야 깨가 쏟아지는 것을

그래, 익자 익자, 매 맞을 날 기다리며
어차피 맞을 거면 속 시원히 맞고 말자
아무렴 사랑의 맨데 고까짓 거 못 맞을까

우와! 때가 왔다, 와 이렇게 좋노 몰라
어르듯이 달래듯이 찰싹찰싹 때려다오
깨알이 찰찰 쏟아져 깨가 쏟아지게 살게

(『시조 매거진』 2014년 창간호)

웃음은 삶의 묘약, 문학에서도 중요하다. 풍자와 비판을 해학이나 골계의 웃음 속에 담아온 것이다. 이 작품도 말맛을 웃음에 고루 버무린 점이 돋보인다. 먼저 신혼부부에게 건네는 덕담을 그대로 살린 제목부터 새롭다. "깨가" "쏟아지게" "살게"에서 "게"와 'ㄱ'음의 반복이 유발하는 리듬도 각별하다.

"깨가 익어간다는 것은" 정말 "매 맞을 날"이 오는 것. 깨의 입장에서 쓴 도입이 '익음'의 긍정적 의미에 일종의 전복을 가한다. 깨로서는 열심히 익힌 결실을 매 맞아가며 털리는 셈이니 "익기가 겁이 나네, 매 맞기가 무섭다네" 하소연이 나올 법하다. 에이론(eiron)처럼 무지한 듯 낮은 약자의 자세는 "그래, 익자 익자, 매 맞을 날 기다리며/어차피 맞을 거면 속 시원히 맞고 말자"고 점입가경을 이룬다. "아무렴 사랑의 맨데 고까짓 거 못 맞을까"라는 대목도 웃음을 고조시킨다. "사랑의 매"라는 자기 최면을 통해 "고까짓"('그까짓'과도 말맛이 다른) 것으로 매를 얕잡아보려는 깨의 인내가 눈물겹지 않은가.

"우와! 때가 왔다, 와 이렇게 좋노 몰라"는 사투리 효과의 극대화로 '빵' 터지는 웃음의 절정을 만든다. 게다가 "찰싹찰싹" 때린다면 더 아프련만 "어르듯이 달래듯이"라는 부탁 또한 아이러니의 연속이다. 상황은 맞는 아픔과 반대로 "깨알이 찰찰 쏟아져 깨가 쏟아지게 살게"로 종료. "찰싹찰싹"과 "찰찰"에서 "찰"이라는 동음의 활용으로 전혀 다른 의미의 부딪침을 낳은 것도 차진 맛을 낸다.

아귀 잘 맞는 언어 조합과 자연스러운 운용은 입말의 재활용이라는 점에서 더 빛난다. 긴밀한 직조와 해학의 구조미 속에 대상을 묘파하니 골계미의 새로운 발화라 하겠다. (a)

금쇄동

이지엽

살며 하늘 그리운 날 혹 있을지 모르지만
심중에 못다 한 말 그 말 같은 붉은 설움
예 와서 다 쏟아놓고 눈 들어 산을 보게

병풍바위 두른 배경 달 뜨듯이 살아가도
생은 늘 배반한 듯 거꾸로만 달려가고
오늘의 기와 파편들 꽃밭인 듯 구름인 듯

말하거나 웃지 않아도 짐짓 거기 풍경 밖을
이쯤에서 모른 체 눈 감고 돌아선다면
절정은 늘 후렴 같고 몸 떨리는 시위 같아

평화가 눈물겨운 기도의 제목이 될 때
물매화 자주쓴풀 그예 싱그런 계곡이여
감춰둔 비밀을 풀어 절벽처럼 가을이 깊다

(『시조시학』 2014년 가을호)

53세 때 경상도 영덕 유배지에서 지친 몸을 끌고 고향에 돌아온 고산 윤선도는 조선시대 3대 풍수가이기도 했다. 그가 54세 때 '금제석궤'를 얻는 꿈을 꾸었는데, 며칠 후 꿈과 일치되는 지역을 찾고, 그곳을 금쇄동이라 명명했다. 지금의 전남 해남군 현산면 구시리가 금쇄동이다. 하늘이 점지해준 꿈과 그곳 계곡, 바위와 나무, 물과 바람 속에서 고산은 오우가로 유명한「산중신곡(山中新曲)」「금쇄동기(金鎖洞記)」를 지었고 자신의 묘소로 정했다. 금쇄동의 비탈진 능선을 오르며 임금이 계셨던 곳, 한양 쪽을 홀연히 바라보았을 고산의 마음은 어떠했을까.

화자는 단풍이 짙은 가을날 금쇄동 산등성이에 오른다. 그리고 살아가면서 혹여나 "하늘 그리운 날"이면 마음속에 못다 한 말, "그 말 같은 붉은 설움"을 여기 금쇄동에 와서 "다 쏟아놓고 눈 들어 산을 보"라고 말한다. 인적이 드문 금쇄동의 '별유천지비인간(別有天地非人間)' 같은 지세(地勢)를 보며 외로운 고산이 그랬듯이. 자연에 순응하며 "달뜨듯이 살아가도" 우리네 "생은 늘 배반한 듯 거꾸로만 달려가"지 않았던가. 삶이 능선이거나 절벽이거나 "병풍바위 두른 배경"이거나 늘상 "눈물겨운 기도"로 남기에 우리네 삶의 "절정은 늘 후렴 같고 몸 떨리는 시위 같"은 것 아닐까. 팽팽하게 당겨진 시위에서 몸을 떠는 활 하나 같은 생의 "절벽처럼 가을이 깊"어간다. 이렇게 시인에게 금쇄동이라는 외부 세계의 자연은 내면적 정황으로 환치되어 나타난다. '모든 밖이 나의 안'으로 형상화되고 심화되는 것이다. (c)

문득

이태순

새끼손가락 잃은 여자 상처 거의 아물 때쯤

붕대 감은 손등엔 목련이 봉긋했다

먼 친척 큰언니처럼 조금 예쁜 언니처럼

그 봄날 밥 먹자고 데이트 신청한 여자

가늘고 긴 손가락이 봄볕에 가무잡잡한

꽃가지 꼬옥 싸매고 그 여자가 올 것 같아

흰 겹 블라우스에 깜장 치마 입었던 걸

느닷없이 생각하며 예뻐서 난 울 것 같아

환장할, 봄 다 가겠다 꽃이 진다 엄마야

(『시와문화』 2014년 여름호)

유독 아픈 그리움이 있다. 어쩌면 그리움이란 아픔과 동행하는 것일지도! 아니 아파서 더 안 잊히고 그래서 더 깊은 그리움으로 뼛속에 각인되는 것일지도 모른다.

"새끼손가락 잃은 여자"는 그중에도 가장 깊은 아픈 그리움. 그런데 "목련이 봉긋했"던 그이의 손등에서 화자가 보는 또 다른 이미지가 참으로 독특하다. "먼 친척 큰언니처럼 조금 예쁜 언니처럼"이라고? 시조에서 좀체 만나기 어려운 "먼 친척 큰언니"에 그것도 "조금 예쁜 언니"를 이리 수월하게 불러내다니! "그 여자"에 대한 간절한 그리움이 무슨 마술이라도 데려오는가? 마지막까지 읽어보면 "여자"는 분명 "엄마"의 다른 지칭이건만, 조금씩 다르되 연결되는 여자상을 셋(넷?)이나 병치하는 것은 일종의 복선들이겠다. 젊어 떠난 엄마가 "예뻐서" 더 안타까운 마음이고, 그럴수록 그리워져 비슷한 여자들에게서 엄마를 자주 겹쳐보는 것이리라.

그러니 "밥 먹자"는 어느 여자의 "가늘고 긴 손가락"에서도 울컥 "새끼손가락 잃은" 옛 모습이 어룽거리겠다. 그럴 때면 또 "꽃가지 꼬옥 싸매고 그 여자가 올 것 같아" 혼자 애를 자꾸 태우는 봄날. "느닷없이 생각"나고, 그때마다 화자는 또 "예뻐서" 울 것만 같다니, 그리움의 파동이 선연히 밀려온다. 그런데 다시 보면 화자도 여자, 여자에서 여자로 이어지는 그리움의 고리가 더 다습게 둥글어지며 "밥"과 더불어 나오는 모성을 깊숙이 건드린다.

"흰 겹 블라우스에 깜장 치마 입었던" 가장 아름다운 여자! 어쩔거나, 꽃 철이면 더 깊어지는 그리움에 "환장할,"이 터지고 만다. "봄 다 가겠다 꽃이 진다 엄마야" 탄식이 그 사이로 붉게 고인다. (a)

돌의 노래

이화우

눈으로 더듬던 흔적들을 묻을 듯이

빛없이 남겨진 처절한 저 웅크림

무시로 드나들던 그대 그 위에 귀를 대다

벽이, 벽을 보고 거두어간 말들이며

등이, 등을 돌려 가늠 못 할 거리까지

돌아선 그 손들 잡아 고삐 넌짓 던진다

몸 열어 붉게 우는 심장 하나 움켜쥐고

이승에 남아 있을 마지막 변주가로

적소의 한 자락 끝에 추를 깊이 내린다

(『시와소금』 2014년 겨울호)

돌에서 노래가 나오기까지

얼마나 공을 들인 걸까. "눈으로 더듬던 흔적들"이 그 무심키만 한 돌의 "노래"를 불러내는 힘이었을까. 하긴 수석에 심취한 사람들에게는 돌의 말만 아니라 "돌의 노래"가 들릴 수도 있을 것이다. 그렇게 애완(愛玩)의 경지가 깊어지면 돌에서조차 존재의 비의를 불러내는 것일지도 모른다.

돌은 무심이나 침묵 따위 무감각의 비유로 곧잘 쓰여왔다. 그런 돌이 "빛 없이 남겨진 처절한 저 웅크림" 상태라면 "무시로 드나들"다가도 "그 위에 귀를 대"지 않을 수 없겠다. 뭔가 괴로운 듯 잔뜩 웅크리고 있는 돌에 가만히 귀를 대는 그림자가 잡힌다. 그런데 둘째 수는 또 다른 돌의 모습이다. "벽이, 벽을 보고 거두어간 말들이며"의 "벽"이 돌 같은 사람이나 그런 관계를 암시하기 때문이다. 더욱이 "등이, 등을 돌려 가늠 못 할 거리까지"에서는 돌 같은 침묵 즉 불통의 아득한 고독이 느껴진다. "돌아선 그 손들 잡아"라는 구절이 "넌짓 던진" 어떤 "고삐"를 잡아주기 갈망하며 돌의 뜨거운 반응을 기다리는 것처럼 보이는 까닭이다.

이를 달리 읽어보면 창작과 겹치는 면도 있다. 돌처럼 움쩍 않는 문학이라는 거대한 침묵, 그 심장을 열기 위해 우리는 얼마나 많은 공을 들이던가. 그 또한 관계 맺기와 풀기처럼 어떤 대상에 "귀를 대"는 연속이 아니던가. 그러다 보면 "붉게 우는 심장 하나 움켜쥐"는 득의의 순간도 더러 있다. "이승에 남아 있을 마지막 변주가"가 꿈이라면 "적소의 한 자락 끝에 추를 깊이 내"리는 것도 늘 새로 떠나는 채굴의 길이겠다. (a)

사루비아 엄마

임성구

키가 큰 햇살 아래 마흔일곱 살 꼬마 아이

붉고 긴 꽃잎을 젖 빨듯 따 먹는다

몇 바퀴 돌아 나와도
용지호는 낮 열두 시

정지된 시간 가득 못물이 불어나서

울 엄마 젖가슴처럼 달큰한 꽃의 침샘

연못가 노랑나비야
쉿! 지금은
수유 중

(『시와문화』 2014년 봄호)

샐비어(Salvia) 꽃은 우리말로 깨꽃이라고도 불리지만, 사루비아라는 이름으로 널리 알려져 있고 동일한 이름의 과자도 있다. 이 시의 화자는 창원 용지호에서 "붉고 긴 꽃잎을 젖 빨듯 따 먹"으면서 어머니를 그리워하는 "마흔일곱 살 꼬마 아이"다. 융에 의하면 '아이'는 우리를 보호하는 무의식을 형성하는 힘을 의미한다. 이 시에서의 아이 역시 의식과 무의식이 결합되어 태어난 영혼, 심리적 불안이나 반복적 충동을 함축한다. 빨간 사루비아 꽃잎에서 "울 엄마 젖가슴처럼 달큰한 꽃의 침샘"을 빨아먹는 마흔일곱 살의 화자에게 사루비아는 살아생전의 어머니로 다가온다. 그래서인지 "키가 큰 햇살"과 아직 덜 자란 듯한 "마흔일곱 살 꼬마 아이"의 대조는 뭔가 애절한 느낌을 준다.

둘째 수 종장에서는, 사루비아 꽃이 나에게 수유 중이라고 말함으로써 돌아가신 어머니의 영혼으로 표상되고 있다. 용지호는 나와 어머니의 교감이 이루어지는 장소다. "정지된 시간 가득 못물이 불어나" 화자에게 젖을 물리는 모습은 세상 모든 어머니들에 대한 경의와 사랑으로 확대된다. 슬픔을 극복해내며 긍정적인 인식으로 삶을 헤쳐나가는 힘, 여기에 임성구 시의 강점이 존재한다. (c)

온정리를 가다

임채성

일만
이천
봉우리가 창칼을 잠깐 거둔
금강산 어귀에 들면 노을마저 뜨거워진다
바람은 국도를 달려 비등점 선을 넘고

위로는 새가 날고 아래로는 산맥이 뻗는
계절의 섞바뀜 속 다시 열린 길 위에서
들쭉술 막걸리 잔에 그렁해진 동해 물빛

해와 달도 스리슬쩍 눈 맞추는 초승이면
성엣장 뜬 계곡물에 씻고픈 겨울 눈꽃
남몰래 철책을 넘는
봄이 설핏
보인다

(『시와문화』 2014년 여름호)

온정리라······ 금강산이 절절히 그리워지는 지명이다. 금지당한 이름으로 잊혀가는 북녘의 지명들. 그 속에 온정리도 있다. 해금 후에야 온전히 만난 정지용의 금강산 글과 시편에서 온정리와 마주할 때 얼마나 가슴이 뜨거웠던가. 당장 경의선을 타고 치달려서 온정리에 내려 천하제일 금강산을 오르고 싶은 열망에 얼마나 뛰었던가.

그곳에 갔을 때는 정말 온몸이 저릿저릿했다. 온정리에서 묵으며 신계사며 구룡폭포며 노래로만 만나던 '금강산 일만 이천 봉'을 일부나마 돌고 와서 돌아볼 때마다 속절없이 목이 메었다. 그런데 그게 벌써 '강산도 변한다'는 십 년이 지나간다. 그때 난생처음 노천온천에 몸을 담근 채 넋이 빠져 바라보던 설봉들의 눈빛이며 금강송이며 기암과 능선의 기상들이 서늘한 뜨거움으로 다시 휘감는다.

온정리는 "금강산 어귀", 당연한 입구다. 노래로 익숙해진 금강산의 상징 "일만/이천/봉우리"도 자랑 어린 국토의, 그래서 더 눈물겨운 그리움의 집약이다. 거기서는 "노을마저 뜨거워진다"는 토로가 터질밖에 없도록 모든 것이 뜨겁게 우리 심신을 감아온다. 하지만 "위로는 새가 날고 아래로는 산맥이 뻗는" 산하를 여전히 가로막고 있는 철조망들······ 그 앞에서 자괴감에 빠지지 않을 사람이 어디 있으랴. 언제까지 우리는 국토에 대한 무례를 속죄도 못한 채 가야 하는 것인가.

그러니 "들쭉술"을 더 당기지 않을 수 없다. 누구든 폐부 깊숙이 음미하고 가능한 많이 품어 오려는 북녘의 대표적인 술. 이제는 그마저도 남의 나라 얘기인 양 봄만 "남몰래 철책을 넘는" 동토의 연속일 뿐이다. 그 모두의 어귀인 온정리가 광복 70년 봄에 더 가열차게 그립다. ⓐ

어느 소수민족의 이야기
― 붉은 손

장수현

화덕에 빵을 굽는
위구르족 사내들

손등에 피어 있는
붉은 꽃을 본 적 있다

화인(火印)을 찍던 날마저
피워 올리는 불꽃들

허기진 저녁나절
모퉁이 돌아서면

불길을 어르며 산
사람들의 손에서

잘 익은
생(生)의 냄새가
화르르 풍겨났다.

(『시와문화』 2014년 봄호)

시인은 화덕에 "빵을 굽는" 위구르족 사내들의 삶을 보며 이 시조를 썼으리라. 화덕에 빵을 구우며 생을 이어가는 그들의 "손등에 피어 있는/붉은 꽃"을 본 적이 있음을 고백하는 시인의 눈빛이 화르르 타오르는 듯하다. 그가 본 풍경은 "화인(火印)을 찍던 날마저/피워 올리는 불꽃들"이다. 실크로드의 토착민족인 위구르족의 전통음식인 '낭(饟)'은 화덕에 구운 납작한 밀가루 빵으로 위구르, 우즈벡, 타타르 등 일부 소수민족이 즐겨먹는 음식으로 유명하다.

　이 시조의 핵심인 '불'이 가진 원초적 상징은 활동력, 확산성, 에로스, 강인한 생명 본능의 에너지와 연결이 된다. 불을 신성의 힘으로 숭배하는 전통은 피의 힘에 대한 믿음만큼 오래되었다. 추위와 어둠을 밀어내고 모든 것을 파괴하면서 정화하는 힘이 불에게 있다. 불꽃은 언제나 춤추는 듯 너울거리는 모습을 통해 역동적인 생명력을 드러낸다. 이 시조에는 불꽃뿐만 아니라 "화덕", "화인(火印)", "붉은 손", "화르르", "불길", "붉은 꽃"처럼, 따뜻하고 붉은 이미지가 반복되어 제시되고 있다. 이는 화르르 타오르는 소수민족의 원초적 생명력을 보여주는 표현이 아니겠는가.

　소수민족인 위구르족들은 화덕에 빵을 굽는 행위를 통해 생명의 불꽃을 끊임없이 일켜 그들의 삶을 면면히 이어가고 있다. 위구르족의 "붉은 손"은 "잘 익은/생(生)의 냄새"를 풍기며, 오늘도 어디선가 화덕에 삶을 노릇하게 굽고 있을 것이다. (d)

서름한 날

정수자

울다 깬 새벽이면 다른 생에서 왔나 싶게

서름한 그림자가 창 너머에 우련 섰다

꿈인 척 따라가버릴까 발가락이 달달거렸다

후생의 손짓만 같아 꽃노을에 마냥 취하다

햇귀 잡고 이슬 터는 지붕들 날갯짓에

후다닥 눈곱을 떼며 이생의 문을 잡곤 했다

문고리를 잡고 서면 덜미가 다시 선뜩해져

고치다 지친 사춘기적 유서를 복기할 듯

울다 깬 서름한 날이면 고아인 양 서러웠다

(『시조시학』 2014년 겨울호)

'**서름하다**'는 남과 가깝지 못하고 서먹서먹하다는 뜻이다. 반복적인 일상을 살아가는 우리들이지만, 서글픈 꿈에서 깨어난 새벽이나 아침이면 어딘지 모르게 내 주변뿐 아니라 나 자신마저도 낯설게 느껴지는 때가 있다. 꿈속에서 나는 사랑하던 누군가와 아프게 헤어진 후 그를 찾아 울면서 헤매다가 깨기도 하고 그의 뒤를 눈물로 따라가지만 끝내 만날 수 없어 텅 빈 들판에 서 있다 깨기도 한다. 저번 생이었을 수도 있고 다음 생일 수도 있는 꿈, 그 꿈에서 깨어난 새벽이여, 산다는 것의 허무함이여.

"울다 깬 새벽"은 허무와 소외 속에 던져진 나의 실체를 발견하는 시간이다. "다른 생에서 왔나 싶게" 나 자신조차 낯설게 느껴지고, 희미하고 엷게 "서름한 그림자가 창 너머에" 서 있는 것을 본다. "꿈인 척 따라가버릴까" 발가락을 자꾸 떠는 화자가 "후생의 손짓만 같"다고 느끼는 '꽃노을'의 실체는 저승이다. 해돋이의 햇빛이 비추면 "후다닥 눈곱을 떼며 이생의" 문고리를 잡는 화자의 모습이 이를 명징하게 뒷받침한다. 화자의 고독은 "문고리를 잡고 서"서 문 밖이라는 저승, 외부 세계와 문 안이라는 현생, 내부 세계의 구별까지도 초월한다. "울다 깬 서름한 날이면 고아인 양 서러"워지는 화자에게 일체의 시간들과 공간들은 사라지고, 삶과 죽음, 이승과 저승, 현생과 다른 생마저도 그 고독한 실체를 여실히 드러내고 있는 것이다. (c)

뜨거운 손

정용국

한시름 베옷 속에
지난날들 다 감추고
바늘 자국 멍 꽃 천지
열꽃이 사윈 그 손

불덩이
맨손에 안고
내리닫던 죽변 바다

어슷 썰린 발걸음이
파도처럼 달겨들고
젖어서 건너야 할
무두질 시간들도

까치놀
잔기침 속에
다 버리고 가셨네

(『문학청춘』 2014년 가을호)

"젖어서 건너야 할 무두질 시간들," 이것이 인생인가. 무
두질은 동물의 원피로부터 가죽을 만드는 과정, 즉 공정을 말한다. 동물의
가죽은 그대로 쓰면 부패하기 쉽고, 물에 담그면 팽창하고, 건조하면 단단한
상태가 되므로 반드시 무두질의 과정이 필요하다. 동물 원피를 염료에 넣고
냄새를 제거하고 동물 가죽을 부드럽게 하는 작업이기에 인부들이 발로 밟
는 과정이 필요하다. 그러므로 발이 항상 젖어 있다. 무언가가 신체 부위에
묻었다거나 젖었다는 것은 그만큼 일상에 지치고 힘들었다는 것을 의미한
다. 그러나 이런 고생의 흔적들도 "까치놀/잔기침 속에/다 버리고" 가는 것
이 우리의 인생이다.

　　시인의 내면에 똬리를 튼 그리움의 시간들이 맨 먼저 잡은 손은 무두질의
시간을 보냈던 "붉은 손"이다. 지금은 "한시름 베옷 속에/지난날들 다 감추
고" 떠나간 그의 손을 그는 잡아본다. "바늘 자국 멍 꽃 천지/열꽃이 사원 그
손"이 뜨겁다. 열꽃은 보통 홍역이나 수두 따위를 앓았을 때 얼굴에 생기는
점인데, 여기서는 그가 평생을 고생한 시간의 흔적이다. "바늘 자국 멍 꽃 천
지"인 시간들을 다 보내고, "젖어서 건너야 할/무두질 시간들"을 이미 다 버
리고 갔다. 베옷 속에 지난 삶들을 감추고서 말이다.

　　"불덩이/맨손에 안고/내리닫던 죽변 바다" 수평선 저 너머에 걸려 있는
"까치놀"은 죽기 직전에 잠시 또렷한 정신이 돌아온다는 인생의 마지막 모
습과 유사하다. 이렇게 임종의 순간에 모든 의식을 완전하게 불태움으로써
그 무엇도 붙들지 않고 피안(彼岸)의 세계로 넘어가는 것이다. "까치놀/잔기
침 속에/다 버리고" 떠나 간 그의 온기가 느껴진다. (d)

그해, 여름 벽화

정해송

가파른 삶의 층계 한 단 한 단 밟고 서면

부둣가 시장통은 벼랑 아래 가라앉고

소금기 절은 바람도 여기 와선 몸을 푼다

지붕 낮은 찻집들은 차림표도 그림 같아

나그네 추억 한 장 그려내는 미술 시간

언덕 위 목로주점이 노을 속에 손 흔들고……

산복도로 굽이마다 피어난 시정(詩情)이여

달 마을 벽화 띄워 가난을 매만져도

동피랑 성난 황소*는 바다 향해 길게 운다

* 성난 황소 : 이중섭의 〈황소〉 모작.

(『개화』 2014년 23호)

경남 통영의 대표적 어시장인 중앙시장 뒤쪽 언덕에 있는 마을인 '동피랑'은 '동쪽 피랑(벼랑)'이라는 뜻이다. 구불구불한 오르막 골목길을 따라 통영 항구가 한눈에 내려다보이는 동피랑 마을은 원래 철거 예정지였으나 담벼락마다 그려진 형형색색의 벽화로 유명해져서 그대로 보존된 곳이다. 그래서 동피랑은 옛날 골목을 그대로 간직한 곳으로 거미줄처럼 이어진 전깃줄과 녹슨 창살들까지 그대로 남아 있다. 동피랑 벽화마을이 있는 통영은 이중섭이 아내, 아들과 이별한 채 외롭게 예술혼을 불태웠던 곳이기도 하다.

동피랑 달동네는 삶의 중심부에서 밀려나 소외된 가난이 녹슬고 덜컹거리는 곳이지만 이곳은 역설적으로 달과 가까운 동네이기도 하다. 화자는 무덥던 어느 여름 저녁에 동피랑 달동네, 그 "가파른 삶의 층계"를 오르면서 "소금기 절은 바람도 여기 와선 몸을" 푸는 모습을 본다. 골목 끝에서 화자는 "부둣가 시장통"과 "지붕 낮은 찻집들" 같은 가난한 삶의 정경을 바라본다. "달 마을 벽화 띄워 가난을 매만"지려는 삶, 뼈 시린 가난이 골목마다 소금기로 절여진 동피랑이기에 화자는 눈시울 뜨거운 눈으로 "산복도로 굽이마다 피어난 시정(詩情)"을 읽어내고 "동피랑 성난 황소" 벽화 그림처럼 "바다 향해" 영각하는 것이다. (c)

입술망초

정혜숙

당신의 가계도는 붉고 위태로우며
은둔을 즐기는 낮달처럼 희미하다
이따금 늙은 우체부처럼
할미새가 다녀갔다

저물자 물소리가 한 옥타브 높아지고
못다 한 말들은 서풍에 실려 보낸다
오늘은 여기쯤에서
더운 입술을 식힌다

(『시조 21』 2014년 가을호)

새로운 언어 조합? 하다 찾아보면 "입술망초"가 버젓이 꽃 피고 있다. 남부지역에서 자생하는 파르란 입술처럼 피는 자그만 두 잎의 꽃이란다. 오전에 개화해서 얼른 접고 만다니 새초롬하니 조금은 얄미운 입술 같겠다.

그런데 화자는 왜 그 꽃에 대해 "당신의 가계도는 붉고 위태"롭다고 읽었을까? 그 뒤를 잇는 "은둔을 즐기는 낮달처럼 희미하다"라는 문장과 관련된 이 꽃의 생리며 모양에 따른 묘사일까? 그렇든 그렇지 않든, 초·중장의 참신한 이미지와 비유는 종장에 와서 더 함초롬해진다. "이따금 늙은 우체부처럼/할미새가 다녀갔다"니! 그 자체만으로도 빛나는 비유에 드는데 이미지의 긴밀성 면에서도 절묘한 연쇄를 발휘한다. "늙은 우체부"도 조금은 "희미"한 존재일 뿐 아니라 "할미새"와 자연스럽게 어울리며 "은둔"을 환기하기 때문이다. "낮달", "늙은 우체부", "할미새" 같은 이미지들 역시 독자적 의미를 지니는 동시에 서로를 받쳐주며 이미지의 견고한 구축에 기여한다.

둘째 수의 "저물자 물소리가 한 옥타브 높아"진다거나 "못다 한 말들은 서풍에 실려 보낸다"는 대목도 묘사나 비유의 선도를 높인다. 시인 특유의 목소리로 기억할 만큼 조금은 낯익은 느낌이지만 여전히 돋보이는 표현들이다. 거기에 "오늘은 여기쯤에서/더운 입술을 식힌다"는 맺음을 놓아 일신(一新)의 면모를 유감없이 보여주며 똑 "입술망초"처럼 시상을 조붓하게 오므

린다. 간명한데 단순치 않고, 선명한데 빤하지 않아, 촉촉한 이미지의 오솔 길을 오래 거닐게 한다.

이제 '앵도 같은 입술' 치우고(버린 지 오래된 표현이지만), '입술망초 같은 입술'이라 할까 보다. 그런데 어떤 입술에 꼭 들어맞는 표현일지? (a)

삽목

정희경

자고 나면 피어나는 길거리 노점처럼
새순을 온몸으로 받아내는 고무나무
곁가지 싹둑 잘라서 빈 화분에 옮겼다

노점상 구석자리 더듬는 잎의 눈물
기다림은 말라도 촉수는 살아 있어
발 없는 맨몸으로도 오랜 길을 걷는다

추락에서 건져 올린 연한 잎 날개 저편
단속반 호각 소리에 갈치잠 흩어진다
날마다 여위는 좌판 또 하루를 버티고

(『열린시학』 2014년 봄호)

삽목(揷木)은 식물(植物)의 가지, 줄기나 잎을 자르거나 꺾어 흙 속에 꽂아서 뿌리 내리게 하는 것으로 꺾꽂이라고 한다. "싹둑 잘라서 빈 화분에 옮"겨 심은 나뭇가지가 아직 흙 속에 뿌리내리지 못한 모습을 보며 시인은 노점상을 떠올렸나 보다. 물질적인 풍요를 믿고 있는 현대사회에서는 도시빈민층의 가난과 소외가 더욱 뼈아프게 다가온다. 삽목이라는 일상적 체험이 노점상과 서정적인 조응을 이루는 이 시는, "날마다 여위는 좌판 또 하루를 버티고"라는 결말 부분에서 좌절로부터 일어서려는 의지, 부정으로부터 긍정을, 절망으로부터 희망을 이끌어내려는 안간힘을 형상화하고 있다.

　"노점상 구석자리"나마 자리 잡기 위해 "단속반 호각 소리"를 피해 다니는 모습이 더 가슴 아픈 이유는 이것이 과거 우리 민족의 모습이기 때문이다. 삽목은, 구한말에 하와이로, 멕시코로 이주했던 우리 동포들, 간도와 연해주, 중국 등지에서 쉽게 뿌리내리지 못하고 떠돌며 "발 없는 맨몸으로도 오랜 길을" 걸어야 했던 우리 민족이다. 이는 1960년대 도시화, 산업화 이후 소외된 농민들 대다수가 이농, 탈향(脫鄕)하여 대도시 변두리를 떠돌다가 정착되어갔던 우리 현대사 하층민들의 모습이기도 하다. (c)

시다야, 히말라야시다야

조성문

팍팍하고 가파른 건 길만은 아니었다
그 누가 배도는지, 귀먹고 눈먼 거기
아홉 번 꼬부라진 길
회오리 돈다 회오리

어둑서니 골목 어귀 눈 맞는 히말라야시다
그렁한 눈석임 하루 모국어만 자꾸 헛돌아
바늘잎 콕콕 찌르는
물도 선 곳 턱지다

틈바람 든 봉제공장 콜록대다 보풀 일고
이 동네 네팔 누이야, 미싱 그만 타려무나
드르륵 들었다 났다
창신동 길 또 꺾인다

(『정형시학』 2014년 하반기호)

창신동에는 1980년대 서민 동네의 분위기가 그대로 남아 있다. 가난한 동대문 직공들이 형성한 '달동네'여서 그런지 낡고 정체된 공간에서도 열정을 뿜어내는 청춘의 이미지를 만날 수 있는 곳이기도 하다. 창신동의 매력은 복잡하게 이어진 골목길이다. 동대문 밖 낙산의 동쪽 기슭에 있는 창신동은 경사가 가파르다. 구불구불한 골목에 저마다의 인생 이야기가 켜켜이 쌓여 있는 것만 같다. 추억을 되살리는 인위적인 장치가 하나도 없는데도 이곳을 돌아다니다 보면 어느새 추억에 잠기게 된다.

설송나무라 부르기도 하는 히말라야시다는 소나무과 늘 푸른 바늘잎나무로 히말라야 북서부에서 아프가니스탄 동부가 원산지다. 여기에서 히말라야시다는 겨울나무이면서도 동시에 히말라야는 네팔 누이의 고향이고 시다는 시다공을 의미하는 것 같다. 봉제공장이 밀집한 창신동은 회오리처럼 돌고 돌아가는 골목길이 이채롭다. 귀먹고 눈먼 거기에서 오늘도 "팍팍하고 가파"르게 배돌면서 살아가는 이가 보인다.

땅도 낯설고 물도 선 채 겨울눈을 맞는 히말라야시다 나무가 골목 어귀에 서 있다. 긴 겨울 내내 두고 온 가족 걱정에다가 고향 땅 히말라야 기슭이 그리운 탓에 그러한 것일까. 이는 우리나라 70년대 경제성장기에 무작정 상경하여 공단에서, 공장에서 힘겹게 생활한 누이의 모습과도 겹친다. 이국 땅 고된 삶의 현장에서 드르륵 미싱 타는 일 자체는 구절양장(九折羊腸)의 길을 가는 것과 같다. 열악한 작업 환경에서 건강을 챙길 겨를도 없이 노동을 할 수밖에 없는 네팔 외국인 노동자의 그 신산(辛酸)함을 엿볼 수 있다. (d)

어머니의 계절

조춘희

인생의 무게를 견디다 주저앉은
관절이 닳은 자리 자꾸만 가렵다
가여워 겨울볕이나마
바지런히 내려앉누나

6인실 병실에는 절단된 뼈들끼리
불화하는 시간의 퍼즐을 맞춘다
도무지 찾을 수 없는
마지막 한 조각

꿈에서도 나무에 물을 대는 당신 덕에
계절이 바뀌듯이 자주 바람이 분다
오늘은 매화가 폈다
저만치 봄이 온다

(『유심』 2014년 5월호)

다 닳은 관절들이 모인 6인실 병실.

그곳은 우리네 어머니들의 아픈 여생이 거치는 마지막 정류소 같다. 어머니라는 이름에는 아픔이 끼게 마련이지만 이런 입원실에서라니 더 말할 나위가 없다. 가족을 위해 기꺼이 헌신하며 희생을 감내해온 어머니의 세월이 마디마디 쟁여진 아픔의 자취들. 그러다 고관절이 툭 부러지는 어느 날은 온다. 일생의 대들보가 무너지는 그런 날. 숭숭 구멍뿐인 뼈의 어머니들 노후란 그렇게 골절이나 관절염과의 사투니 그때부터는 아플 날만 길어진다.

그래도 살면 살아진다던가. "절단된 뼈들끼리"도 "불화하는 시간의 퍼즐을 맞"추며 또 견뎌내는 시간이 있다. 오래 쓴 관절들이 닳아 잘 맞지 않으니 "불화"는 필수적으로 거치는 과정. 하지만 "도무지 찾을 수 없는/마지막 한 조각"을 찾다가 "주저앉은" 중에도 세상의 시간은 계속 돌아간다. 그럴수록 병원에서 더 반가운 것이 회복이니 막 돋아나는 새순 같은 자연의 어린 생명들도 그러하리라. 그런데 그 또한 "꿈에서도 나무에 물을 대는 당신 덕"이었다! 이렇듯 크고 더운 손이 있어 세상에는 다시 새로운 꽃이 피고 잎이 돋고 웃기도 하는 것이리라.

지상에 새로 나오는 것들은 그런 어머니 마음에서 돋아나는 것. 그래서 "오늘을 매화가 폈다/저만치 봄이 온다"는 전언이 더욱 빛난다. 그러고 보면 봄은 새 생명을 품고 키우고 기르는 어머니의 계절이다. 만물의 소생이라는 오래된 순리야말로 잉태와 만개를 거듭하는 봄의 특권이니 말이다. (a)

바람의 뼈를 읽다

진순분

바람 숲은 한꺼번에 일어서고 눕습니다
그예 관절이 꺾이는 아픔이 보입니다
그 어느 마음 한 편이 바람의 뼈 읽습니다

더는 슬플 것도 없고 괴로울 것도 없다는 듯
숲에서 빠져나온 천년의 맑은 바람
햇살들 자맥질하는 계곡물을 만납니다

청빈한 마음처럼 거위눈별 떠오르고
세상은 뜨거움만으로 사는 것은 아닌 것
촘촘한 생의 잎사귀에 단풍물이 듭니다

살아가는 일은 마냥 바람 부는 날입니다
낮은 데로 흐르는 마음들이 환해집니다
빈손이 은유를 모아 바람꽃을 피웁니다

(『시조시학』 2014년 가을호)

어느 산사의 새벽 예불 시간에 목탁 소리에 맞춰 일제히 배례를 하는 스님들의 모습이 그려진다. 숲의 나무들이 바람에 의해 휘어졌다 일어서는 모습이다. 하지만 화자는 여기서 관절이 꺾이는 아픔을 보았고 '바람의 뼈'를 읽어냈다. 바람은 실체가 없다. 다만 사물을 만나 그 존재를 확인할 따름이다. 그런데 '바람의 뼈'란 무엇일까. 실체가 없는 존재의 뼈란 바람의 고갱이 혹은 바람의 원형을 은유한 것이 아닐까.

둘째 수에서 숲을 빠져나온 바람은 불교에서 말하는 고집멸도(苦集滅道)의 경지에 이르러 슬플 것도 괴로울 것도 없는 맑은 바람으로 화했다. 보들레르의 「만물조응」이란 시를 떠올리게 한다. "자연은 하나의 신전, 거기 살아 있는 기둥들은 (…중략…) 상징의 숲을 건너 거길 지나간다."와 같이 숲은 하나의 사원이며 바람은 그 숲을 빠져나와 '천년의 맑은 바람'이 된다.

셋째 수에서는 계절을 알 수 있다. "세상은 뜨거움만으로 사는 것은 아닌 것"은 여름이거나 인생으로 말하면 열정으로 가득한 청년기이고, "생의 잎사귀에 단풍물이 듭니다"와 같은 표현은 가을이거나 인생의 노년기를 의미한다. 더불어 초장에서 거위별이 떠오르는 것으로 보아 맑은 가을하늘이거나 청빈하게 살아온 자신을 보여준다.

넷째 수에서의 바람의 기의(signifié)는 '기류의 변화'가 아닌 어떤 '소망이나 염원'과 같은 것이다. 어느 시인은 "내려갈 때 보았네/올라갈 때 보지 못한/그 꽃"이라 이야기한 것처럼 화자는 아래로 향할수록 마음도 환해진다는 이치를 깨닫는다. 결국 "빈손의 은유"와 "바람의 뼈"는 서로 다르지 않고 그것들이 모여 마침내 '바람꽃'을 피워낸다는 종결은 아무리 봐도 비장하다.

실체가 없는 바람이 뼈를 갖듯이 시인은 보이지 않는 마음의 뼈 하나 갖고 있음에랴. (b)

18

최영효

뱉으면 인계철선
삼키면 빙점이 되는

혓바닥
그 안 깊숙이
비등점을 숨긴 사내

누군가 내일을 향해
당기는 방아쇠다

가슴에 구멍 하나
통한의 구멍 하나

캄캄한 막장 속에
길 찾는 마지막 병기

난세의
뜨거운 독침
이것밖에, 18 참

(『시와문화』 2014년 봄호)

"18"이라는 숫자는 상스러운 욕을 떠올리게 한다. 저주와 악담, 비아냥 거림과 조소(嘲笑), 꾸지람과 차별 같은 부정적인 욕도 있지만 애칭과 유희 의 욕으로 일상생활에 양념 역할을 하는 욕도 있다. 우리는 어떨 때 욕을 하 게 되는가? 불만이나 분노, 억울함이나 적개심 때문에 하는 경우가 많을 것 이다. 억눌린 것이 많고 당한 것이 많은 사람일수록 욕을 많이 하게 되는 까 닭에 욕은 양반이나 귀족 등 상류층보다는 하층민의 전유물이다. 그래서 욕 은 서민들의 억울함이나 불만을 분출하는 통풍구 역할을 한다.

욕을 뱉으면 언제든지 폭발물을 터뜨릴 수 있는 인계철선이 되고, 삼키 면 그 불만을 가라앉히는, 즉 빙점이 된다고 시인은 말한다. 그래서 욕하는 사내는 "혓바닥/그 안 깊숙이/비등점을 숨긴 사내"다. "가슴에 구멍 하나/통 한의 구멍 하나"에서처럼 현실에 불만과 분노를 느끼고 과감하게 개혁하려 는 세력에 의해서 인류의 역사는 발전되어 왔다. 그래서 시인은 18이란 욕 을 "난세의/뜨거운 독침", 그리고 "누군가 내일을 향해/당기는 방아쇠다"고 은유한다. 현실에 대한 분노와 불만에서 분출되는 욕은 "캄캄한 막장 속에/ 길 찾는 마지막 병기"로서 긍정적 기능을 할 때 우리 사회는 변증법적 발전 의 길로 향하는 측면도 있다. (c)

시에 대한 시

한분순

은유를 거둔 뒤에 번지는 저린 피로
끝없는 끝이라서 서슬은 내내 붉다
우주가 그러잡힐 듯 머리맡에 앉았다

멀미를 하려는 듯 흰 뺨을 내밀다가
밤 기척 마주하고 긴 궤적 쳐다본다
자꾸만 식는 돌등에 되감기며 웃는 꽃

문장이 낭자한 곳 저물지 않는 환락
무게를 가늠하려 너울을 벗어보다
징징징 산이 울면서 시 한 편이 되려나.

(『문학의 오늘』 2014년 가을호)

시는 시인에게 어떻게 오는가? 시를 짓는다는 것은 시인에게 무엇인가? 고려시대 이규보가 「시벽(詩癖)」에서 괴롭게 읊조렸듯이 진정한 시인이란 시마(詩魔)가 붙어서 잠시도 놓아주지 않는 존재다. 시마가 한번 붙으면 잠시도 놓아주지 않아서 날이면 날마다 심장을 도려내 밤 새워 몇 편의 시를 쥐어 짜내고 온몸에 뼈만 남아서 괴롭게 읊조리는 존재, 그것이 시인이 아니던가. 자신의 시에 잠시 만족하여 손바닥 부비면서 미친 듯이 혼자 크게 웃다가 웃음을 그치고는 다시 퇴고의 괴로움에 빠져 들어가야 하는 존재, 이런 고통을 거부하면 진정한 시인이 될 수 없다.

한분순 시인의 이 작품 역시 창작의 고통 속에서도 시 창작을 그만둘 수 없는 시인으로서의 절실함이 드러나 있다. "은유를 거둔 뒤에 번지는 저린 피"는 시상이 시인의 영감에 포착되는 순간이다. 서슬 붉은 감성으로 시상과 마주하면 "우주가 그러잡힐 듯 머리맡에 앉"지만, 이내 시상은 "멀미를 하려는 듯 흰 뺨을 내밀"면서 시인의 앞에서 맴돌기만 한다. "밤 기척 마주하고 긴 궤적 쳐다"보는 모습은 시상을 놓치지 않으려고 고심하는 시간들이며 "되감기며 웃는 꽃"은 어렴풋이 시상이 시인의 머릿속에 잡히는 순간이다. 썼다가 지우고 다시 썼다가 지우기를 몇 번, 수천 편의 시를 썼던 원로시인조차도 "문장이 낭자한 곳"에서 "저물지 않는 환락"을 느끼며 "시 한 편이 되려나" 하고 고뇌하고 있으니, 아, 시 쓰기의 고통이여, 시 쓰기의 어려움이여! 시가 정치적인 그 어떤 변혁도 할 수 없다는 걸 너무나 잘 알면서도 시인이란 숙명적으로 시 쓰다 죽어야 하는 존재인가. (c)

비

한분옥

내 마음의 빗살무늬 흙그릇을 앞에 놓고

생목을 조여오던 비의 말을 들었던가

함께 짠 시간의 피륙 어디에도 없는 비

가슴속 물웅덩이 울음 우는 물웅덩이

메우듯 오는 비에 어느 뉘 발자국인가

몸 먼저 알아채는가 살냄새 훅! 닿는다

(『시와소금』 2014년 겨울호)

비를 이렇게 도발적으로 집약한 표현은 드물다. 꽃을
피우고 생명을 돋우는 비에서 "생목을 조여오던" 말을 듣는 것부터 그렇다.
물론 비에는 생명수와 반대로 대홍수 같은 파멸의 상징도 있다. 그렇더라도
이 시인에게는 비의 말이 어찌하여 치죄하듯 강렬한 선동처럼 다가오는가.

물론 "내 마음의 빗살무늬 흙그릇을 앞에 놓고"라는 전제가 있지만 사연
은 짐작하기 어렵다. "함께 짠 시간의 피륙 어디에도 없는 비"에서 추정이
가능할 뿐이다. 그렇다면 "시간의 피륙"을 "함께 짠" 사람(혹은 시간)에 대
한 그리움을 지독하게 깨우는 비라고 볼 수 있건만, 그게 또 "어디에도 없는
비"라니 부재가 유발하는 고통일까.

그래서 "가슴속 물웅덩이 울음 우는 물웅덩이"는 중의적이다. 비는 "가슴
속 물웅덩이"를 파고 "울음 우는 물웅덩이"로 만든다. 이 장은 'ㄹ' 'ㅁ' 'ㅇ'
의 반복으로 돋우는 운율 맛에 "물웅덩이"를 심화하는 효과도 있다. "메우듯
오는 비에 어느 뉘 발자국인가"는 또 연관성을 한참 짚도록 행간을 넓힌다.
맥락상으로는 "울음 우는 물웅덩이(를)/메우듯 오는 비"가 "어느 뉘 발자국
인가"라는 탄식을 낳는 것으로 보인다. 그런데 "몸 먼저 알아채는가 살냄새
훅! 닿는다"니, 간극이 다소 넓다 싶던 앞의 이미지들에 방점을 찍는 동시에
새로운 육체성의 발현이다.

"몸 먼저"와 "살냄새"와 "훅! 닿는다"는 그리움의 에로틱한 감각화로 독
자에게도 "훅" 끼치는 매력이 있다. 비 비린내나 흙내 같은 비의 냄새는 더
러 봤지만, 이만큼 직접적인 표현을 만나기란 쉽지 않다. 옛 시조보다 에로
티시즘이 훨씬 적어진 이즈음 보기 드문 개성의 발화가 아닐 수 없다. (a)

꽃잠

멈췄다,
또 우레 함께 흰 소국 게워낸다

기관 절개 관 속에서
빨려오는 생의 흔적

아버지
이승을 잡는 헛손질이 끈적하다

한 생애
가는 길은 갈수록 더디 가나

통점에도 꽃은 피어
이따금 미소 환한,

붉어진
눈시울 따라 낮별들이 내린다

(『시조시학』 2014년 겨울호)

거실 창문 밖에 놓아둔 화분의 제라늄은 사철 꽃을 피운다. 올 겨울은 빙점 이하로 기온이 몇 번이나 떨어졌는데도 개의치 않고 꽃을 피워주었다. 흔히 꽃을 보면 첫마디가 '아름답다'거나 '향기롭다'라는 수식어를 붙인다. 하지만 나는 겨울에도 꽃을 피워주는 제라늄을 보고 차마 아름답다고 말할 자신이 없다. 시조 「꽃잠」을 읽으며 다시 한 번 꽃을 바라보지만 마찬가지이다.

꽃잠의 사전적 의미는 '깊이 든 잠'이거나 '신혼부부의 첫날밤 잠'일진대, 이 작품에서는 화자의 진술로 보아 '아버지의 잠' 정도로 유추 해석할 수가 있다. 우레가 치는 어느 가을날 기관을 절제하고 사경을 헤매는 아버지의 병실, 하얀 소국 한 분이 놓여 있고, 가족들은 병상을 지키고 있다. 아버지는 고통에 시달리다가도 이따금 미소를 띤다. 그 미소 앞에서 가족들의 눈시울엔 낮별들이 걸린다.

'아버지/흰 소국', '우레/통점', '미소/개화' 등의 시어는 서로 대비되며, '게워낸다', '끈적하다'와 같은 술어는 다분히 점액성이다. 굳이 연기설(緣起說)을 꺼내지 않고서도 '우레와 흰 소국의 개화', '통점에서의 미소'에 이르게 되면 가족뿐 아니라 독자의 눈시울도 촉촉할밖에.

누가 병실의 흰 소국을 아름답다 하겠는가. 꽃잠 든 아버지 앞에서! (b)

너 앉은 쪽으로

홍성란

해마다 이맘때 양재천은 양재천이나
들판을 점령한 세력은 바뀌었으니
치솟아 우람한 갈대숲 서걱이는 품이 좋아

고마리 물미나리 모여드는 물기슭
가까이 더 가까이 욕심내어 지켜보던
왜가리 그만, 너울너울 타래실 풀며 가네

망연히 바라보는 조릿대 귀룽나무
춤사위도 각각(各各) 들판에서 배우느니
일색(一色)이 아니어서 좋고 같지 않아 고맙고

바뀌고 바뀌는 것, 그런 줄은 알지만
항시(恒時) 바뀌지 않은 너는 나의 대세였으니
너 앉은 쪽으로 기우는 가느단 이 판세

(『현대시학』 2014년 9월호)

제행무상(諸行無常)이란 말이 있다. 세상에 영원한 것은 없다. 곧 세상의 모든 것은 늘 그러한 것은 없다는 의미다. "해마다 이맘때 양재천은 양재천이"지만, "들판을 점령한 세력"은 "우람한 갈대숲"이 서걱이는 계절로 바뀌었다. 물기슭을 "가까이 더 가까이 욕심내어 지켜보던" "왜가리"는 초월적인 존재가 아니라 세속에 묻혀 사는 존재다. 인간으로 치면, 권력에 눈이 먼 자로, 유한하고 일시적인 대상에 대해서만 집착하는 존재다. 그러나 "타래실 풀며 가네"라는 말에서 지금 부리고 있는 욕심이 영원한 것처럼 보이지만 때가 되면 그 많던 욕심도 부질없게 된다는 것을 알려준다.

"춤사위도 각각(各各) 들판에서 배"운다는 말은 서로의 삶 속에서 배운다는 이야기다. 들판은 "일색(一色)이 아니어서 좋고 같지 않아" 고마운 존재들이다. 각각 다른 색깔을 가지고 있어 고마운 것이다. 서양에서는 자연을 극복하고 개척해야 할 지배의 대상으로 보았지만 동양에서는 자연을 스스로 그러한 온전한 대상으로 보고, 자연을 있는 그대로 존중하여, 물아일체(物我一體)의 투사물(投射物)로 본다. 다시 말해, 자연은 다양한 색모(色貌)를 지닌 채, 공존과 자기 각성의 미덕을 지닌다. 그런 공존과 자기 각성의 미덕은 변화하는 것과 불변하는 것이 둘이 아니기에 가능하다. 그러므로 불변하는 '너 앉은 쪽'이 있으므로, 모든 변화를 잉태하고 양육하고 수렴할 있는 것이다.

따라서 '너 앉은 쪽'은 무한하고 영원한 궁극의 실상, 즉 내 안의 의식이 아니겠는가. "바뀌지 않은 너는 나의 대세였다"와 "너 앉은 쪽으로 기우는 가느단 이 판세"는 영원하고 무한한 너는 나의 대세며, 그런 너와 나는 일찍이 둘이었던 적이 없음을 깨닫게 한다. 너와 나는 원래 하나여서, 모든 변화를 잉태하고 수렴하는 불변의 힘이 되는 것이다. (d)

수목장

홍성운

30년 된 마당 주목, 오늘 화장했다

붉디붉은 속살에서 나이를 가늠하며

사리를 찾을까 하다 그냥 멈추었다

백두대간 사내를 뜬금없이 하산시켜

치솟는 성깔을 죄다 둥글려놓고

금속성 가위 소리도 이냥저냥 견디랬다

살아 천년 죽어 천년, 그러게 요절이다

신은 공평하다 외치는 나무들 앞에

불잉걸 내밀어본다 한 줌 재를 뿌린다

(『시조매거진』 2014년 창간호)

죽은 자들이 나무가 되어 돌아온다는 수목장! 입지가 좋은 곳에 나무를 심어 가꾼 뒤 그 뿌리 부분에 고인을 화장하여 뼛가루를 묻는 방법으로 요즘 수목장을 많이 한다. 일반적으로 고인의 이름이 새겨진 나무패를 나뭇가지에 걸어놓기도 한다.

애잔하고 쓸쓸한 분위기가 느껴진다. "30년 된 마당 주목"을 오늘 화장했다는 고백에서 마치 오랜 식구를 떠나보낸 슬픔이 만져진다. "붉디붉은 속살에서 나이를 가늠하며" 혹시라도 "사리를 찾을까 하다 그냥 멈"춰보기도 한다. "백두대간 사내"로 의인화한 '주목'은 백두대간 크고 긴 산줄기에서 모진 바람과 서리를 맞고 건너왔으리라. 높은 산 숲에서 자라는 키 큰 침엽수인 '주목'을 화자는 30년 전 산에서 가지고 와서 화자의 정원에 심어 가꿨다. 그리고 오늘 스스로 가꾼 나무를 화장한다. 침엽수인 데다. 가지는 넓게 퍼지며 굵은 가지와 줄기가 붉은빛을 띤다 하여 '주목(朱木)'이라고 부르는 이 나무의 "치솟는 성깔을 죄다 둥글려놓고" 부드럽게 가꾼다. 제법 "금속성 가위소리"도 잘 견뎌낸 주목은 또 화자의 마음에서 "살아 천년 죽어 천년"의 세월을 또 보낼 것이다.

잘 가꾼 나무 아래 "불잉걸 내밀어"보고, "한 줌 재를 뿌"리는 수목장의 과정이 고스란히 느껴진다. 이 시조는 내 안에 침엽수를 둥글게 가꿔가는 수목장을 통해, 신으로부터 태어난 모든 생명체는 숙명적으로 자기희생과 역경의 시간을 거쳐 자기죽음이라는 무애(無碍)의 경지에 다다른다는 것을 깨닫게 한다. 이와 같이 모든 생명체는 자기 죽음에 의해 신의 공평함을 증명하는 것이 아니겠는가. (d)

2015
올해의
좋은 시조

2015
올해의
좋은 시조

2015
올해의
좋은 시조